CONTESA

STEELE RANCH - 2

VANESSA VALE

ISCRIVITI ALLA NEWSLETTER

Unisciti alla mailing list per essere informato per primo su nuove uscite, libri gratuiti, premi speciali e altri omaggi dell'autore.

http://vanessavaleauthor.com/v/db

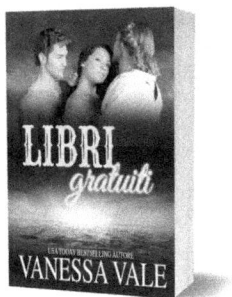

Vale, Vanessa
Titolo originale: Wrangled

Cover design by Bridger Media
Images/Photo Credit: Deposit Photos- prometeus

$\mathcal{J}$ AMISON

Osservai gli avventori entrare e uscire da Lo Sperone di Seta. Dal momento che era una serata di balli di gruppo al bar del paese situato in periferia, il posto era pieno di gente. A differenza di tutti gli altri che entravano con l'idea di divertirsi, io combattevo l'impulso di farlo. No, combattevo con me stesso perché *lei* era lì dentro. Ed io stavo ignorando il mio uccello premuto contro il mio interno coscia, dolorosamente duro e senza la minima possibilità di sgonfiarsi. Se avessi dato retta a quello che voleva lui, mi sarei infilato dritto dentro di lei già da tempo. Ma io non vivevo secondo le regole del mio uccello – non avevo più diciannove anni – fino a quel momento. Fino a *lei*.

L'avevo vista entrare con Shamus e Patrick e qualcun altro del ranch più di un'ora prima. Sì, la stavo seguendo, ma aveva bisogno di qualcuno che la tenesse d'occhio. Che la proteggesse. Se messa a confronto con alcune delle donne in minuscoli pantaloncini che appena coprivano le natiche e magliette striminzite, lei era vestita in maniera piuttosto modesta con una gonna di jeans, degli stivali da cowboy e una camicetta western.

Non importava che indossasse quella roba o un sacco di iuta, comunque. Riuscivo ad immaginare ogni centimetro del suo corpo al di sotto degli abiti. Un bel pacchettino piccolo e voluttuoso. Importava solamente che nessun altro vedesse tutta quella perfezione. Strinsi il volante, le nocche che sbiancavano, sapendo che avrei pestato a sangue chiunque le avesse anche solo posato un dito addosso. Tranne Boone. Lui volevo guardarlo metterle le mani ovunque.

Cazzo. Me ne stavo seduto in macchina nel parcheggio, a non fare un bel niente. Erano passati tre giorni da quando avevo posato gli occhi per la prima volta su Penelope Vandervelk, la seconda delle figlie ed eredi di Steele ad arrivare in Montana, e da allora, non avevo pensato ad altro che a lei. I suoi lunghi capelli biondi. Quanto fosse piccola. Ero più che certo che non mi arrivasse nemmeno alla spalla. I suoi occhi azzurri. E quelle tette e quel culo. Per una così minuta, aveva più curve di una strada di montagna. Senza dubbio quelle belle collinette mi avrebbero riempito i palmi, e i suoi fianchi... sarebbero stati perfetti da afferrare e stringere mentre me la scopavo da dietro.

Gemetti all'interno della cabina del mio furgone. La volevo con una disperazione che non avevo mai provato prima. Avevo visto il modo in cui Cord Connolly e Riley Townsend avevano perso in fretta la testa per Kady Parks. Sebbene non avessi riso della rapidità e dell'intensità del loro legame, di certo avevo dubitato che sarebbe mai successo a me. Mi ero decisamente, fottutamente sbagliato. Diamine, sarebbero stati loro a ridere di *me* in quel preciso istante, se avessero saputo cosa stavo facendo. Di nuovo, un bel niente e con il cazzo duro come una spranga.

Volevo Penelope. Il mio uccello – e il mio cuore – non avrebbero voluto nessun'altra. Non vedevo più le altre donne, ormai. Troppo alte, troppo magre, troppo... chissene frega. Non importava. Non erano *lei*.

La parte peggiore? Aveva ventidue anni. Cristo, io ne avevo sedici più di lei. Sedici! Abbastanza da sapere che non avrei dovuto portarla sulla cattiva strada. E quello che avrei voluto farle l'avrebbe portata su una strada pessima. Avrei dovuto lasciarla in pace. Avrei dovuto lasciare che si trovasse un ragazzo della sua età. Sì, uno giovane. Nessun ragazzino sapeva maneggiare una figa con un minimo di destrezza. Si sarebbe persa ciò che io e Boone avremmo potuto darle, ciò che si meritava. Eppure sapevo che era sbagliato. Ecco perché si trovava allo Sperone di Seta con Patrick e Shamus. Loro andavano ancora al college, erano nati nel suo stesso cazzo di decennio. Così anche gli altri aiutanti del ranch con cui si trovava. L'avevano invitata ad andare a ballare con loro, un gruppo di uomini che si sfruttavano a vicenda per avvicinarsi a lei. Eppure, il solo pensiero che uno di loro la toccasse – diamine, che anche solo pensasse di infilarsi tra quelle cosce sexy – mi faceva vedere rosso, cazzo.

Io e Boone eravamo gli unici che avremmo visto quelle belle tette, succhiato i suoi capezzoli. Assaggiato tutto quel dolce miele appiccicoso direttamente dalla fonte. L'avremmo sentita urlare i nostri nomi mentre veniva. Mentre mi spremeva il cazzo e mi estraeva ogni goccia di seme dai testicoli.

Cazzo, sì. E una volta che mi avesse prosciugato, l'avrei guardata godersi il suo turno con Boone, perché un solo cazzo duro non sarebbe stato abbastanza per lei. Il mattino dopo non sarebbe più stata in grado di camminare normalmente e non si sarebbe ricordata nemmeno il proprio nome.

Ed ecco perché mi trovavo lì. Mi ero tenuto già abbastanza a distanza. Il mio uccello mi diceva di andarmela a prendere. La mia mente mi diceva di tenere giù le mani. Fino a quel momento. Mi meritavo una cazzo di medaglia per essermi trattenuto fino a quella sera. Tre giorni di fottuta tortura. Ora basta. Il solo pensiero di lei che ballava e agitava quel sedere perfetto di fronte ad altri uomini mi fece perdere l'ultimo briciolo di determinazione. Avevo aspettato che arrivasse *Quella Giusta*. Trentott'anni. Qui non si trattava di una sveltina. Non si trattava di uno sfizio che dovevo levarmi. No. Questa era la volta buona.

Volevo Penelope – per sempre – e l'avrei avuta.

Una volta presa la decisione, afferrai il cellulare e chiamai Boone.

«Mi arrendo.»

Fu tutto quello che dissi, ma lui sapeva esattamente di cosa stessi parlando. «Era pure ora che ti dessi una svegliata. Il mio uccello è stufo di andare avanti a seghe.»

Sembrava che avesse popolato le fantasie di entrambi negli ultimi giorni. Mentre Boone se l'era menato pensando a Penelope, io avevo voluto conservare ogni singola goccia di seme per lei e avevo i testicoli che pulsavano in segno di protesta. La mia mano non sarebbe più bastata. Tutto ciò che sarebbe servito sarebbe stato darle un'occhiata e avrei voluto venire con quella bella figa stretta avvolta attorno a me, calda e bagnata. Per sempre.

Boone si era trovato al ranch quando lei era arrivata il primo giorno, quando era scesa dalla piccola decappottabile carica della sua roba. Dolce, giovane, innocente. Fottutamente bellissima. Mi aveva rivolto *quell'occhiata* ed io avevo capito che stavamo pensando la stessa cosa. Era lei quella giusta. Sarebbe stata nostra. Dal momento che io non ero stato pronto, che avevo lottato con tutte le mie forze per tenermi a distanza a parte le presentazioni di base, lui si era trattenuto dall'avvicinarla in cerca di altro. L'avremmo fatto insieme perché sarebbe appartenuta ad entrambi. L'avremmo presa, rivendicata, scopata, amata. Insieme.

Ovviamente, lui aveva sempre saputo che prima o poi avrei ceduto a quella tentazione dai capelli biondi. Odiavo quella sua profonda e infinita pazienza. L'avevo odiata sin da bambino, maledizione a lui. Non che io fossi pronto a scattare alla minima provocazione, ma in confronto a Boone, ero decisamente precipitoso e spontaneo. Ecco perché lui era un ottimo dottore. Le sue parole, tuttavia, dimostravano che non era poi così tranquillo nei confronti di Penelope quanto avessi pensato.

«Vieni allo Sperone di Seta,» sbottai, aprendo la portiera del mio furgone e scendendo. «È ora di prenderci la nostra ragazza.»

$\mathcal{P}$ ENNY

Non sapevo che i balli di gruppo potessero essere tanto divertenti. Non riuscivo a smettere di sorridere o di sentirmi così... bene. Ora capivo perché la gente parlasse di alzare i tacchi e divertirsi. Un divertimento che io mi ero persa, dal momento che mi ero dedicata completamente per mesi alla ricerca e alla stesura della mia tesi per il Master, delineandone la dissertazione. Oh, ne era valsa la pena; mi era perfino arrivata tramite e-mail un'offerta di lavoro per un'azien si occupava di gas e petrolio. Anche altre compagnie più piccole mi avevano fatto qualche proposta, ma quella internazionale era davvero interessata e seria circa la propria offerta. Tuttavia, tutto quel lavoro e quelle noiose – sebbene altamente remunerative – opportunità non facevano che confermare ciò che già sapevo. Non volevo lavorare nel settore del gas e del petrolio. Non stavo vivendo la *mia* vita.

Certo, non che mi fosse mai stata offerta davvero

un'opportunità per dedicarmi al semplice *divertimento*. I miei genitori – mia madre e l'uomo che avevo pensato fosse mio padre – sarebbero morti stecchiti se fossero stati visti in un bar country-western. Risi mentre muovevo i piedi a tempo con il ritmo sostenuto della canzone, imparando i passi nel seguire quelli della fila di fronte a me. Ero un po' impacciata, ma non mi importava. Nessuno stava notando i miei errori, né li segnalava o mi prendeva in giro. Nessuno sapeva chi fossi. Cosa ancora più importante, nessuno sapeva chi fossero i miei genitori. Grazie al cielo.

Tutti battevano i piedi, le mani, ondeggiavano e si giravano insieme. L'aria densa di fumo era un po' umida per via della folla. Shamus incrociò il mio sguardo mentre facevo una giravolta, e mi fece l'occhiolino rivolgendomi un bel sorriso. Non potei fare a meno di rispondere tendendo a mia volta le labbra e agitando la mano, per poi ritrovarmi leggermente in ritardo sulla battuta di tacco successiva. Quando la canzone finì, tutti applaudirono e gridarono; qualcuno fischiò perfino in quella maniera spaccatimpani in cui la governante dei miei genitori richiamava di solito i cani. Non avevo mai imparato a farlo e mia madre trovava quel gesto rozzo e diceva che era uno dei motivi per cui la Signora Beauford non sarebbe mai avanzata sulla scala sociale.

Dio, mia madre.

Perché pensavo sempre a lei, alla famiglia, tutto...il...tempo? Non ero a scuola, né in Islanda per il mio viaggio di ricerca/lavoro. Mi trovavo nel Montana e fuori dalle loro grinfie opprimenti, per il completo disappunto di mia madre. Non c'era verso che sarebbero giunti fin lì, nemmeno se fosse stato per trascinarmi fuori da quel bar.

No. Ero al sicuro da loro. Al sicuro non era esattamente il termine giusto. Non erano *pericolosi*. Non mi avrebbero mai fatto del male fisicamente. Emotivamente? Sì, avevo già delle cicatrici non indifferenti. L'unica cosa che rischiavo con i

Vandervelk era di perdere me stessa. E Aiden Steele, sia lodato il suo defunto cuore, mi aveva salvata. Avrei voluto che fosse ancora vivo per poterlo ringraziare, abbracciare e baciare in una dimostrazione d'affetto pubblica e svergognata. Ora sapevo perché non mi ero mai sentita al mio posto nella mia famiglia. Avevo preso da mio padre, un padre che non avevo mai saputo esistesse fino a due settimane fa. Si spiegavano *così* tante cose, perfino il motivo per cui probabilmente mi piacessero i balli di gruppo. A lui erano piaciuti? Se si era fatto strada in tutto il paese concependo cinque figlie illegittime, dovevo pensare che se non altro li avesse provati.

Mi restava solamente da chiedermi come un tipo così avesse avuto il permesso di infilarsi nel letto di mia madre per una notte. Mi asciugai la fronte e mi leccai le labbra secche mentre tornavo dagli altri, cercando di cancellare dalla mente l'immagine di mia madre che faceva sesso con qualcuno.

«Ti stai divertendo?» mi chiese Patrick. Si trovava ad un tavolino rialzato a cui si appoggiava con gli avambracci in attesa della mia risposta.

«Assolutamente.» Mi strattonai la camicia, cercando di rinfrescarmi. Il bar era affollato e il ballo mi aveva fatto venire caldo. «Tu ti sei guadagnato un appuntamento?»

Sogghignò, e perfino in quella luce fioca riuscii a vedere che stava arrossendo. Un attimo dopo essere arrivati, aveva adocchiato una donna per la quale aveva un debole – parole sue, non mia – e le si era avvicinato.

«Domani sera. Pronta per una birra?»

Io annuii e lui me ne versò un bicchiere dalla caraffa in plastica al centro del tavolo mentre mi parlava di lei. Decisamente gli piaceva. Patrick, Shamus e gli altri ragazzi erano tutti molto bravi. E non erano nemmeno poi così male a vedersi. Nessuno allo Steele Ranch era niente meno che bellissimo. Doveva esserci qualcosa nell'acqua, da quelle parti. O magari era il duro lavoro al ranch che abbronzava la pelle e faceva crescere i loro muscoli. Ma non era a nessuno di loro che pensavo io. Né ai loro fantastici fisici. Erano bellissimi, ok, ma più dei fratelli per me che ragazzi con i quali sarei uscita... o sarei andata a letto. Erano Jamison e Boone a farmi davvero effetto.

Sì, Jamison *e* Boone.

Avevo trovato la lettera di Riley Townsend, l'avvocato della tenuta, riguardante la mia eredità dopo il ritorno dall'Islanda. Era rimasta all'ufficio postale assieme all'enorme pila di altre comunicazioni che avevo fatto trattenere in sospeso. Per mesi. Riley era stata l'unica persona a cui avessi raccontato la mia idea di venire nel Montana, ma non gli avevo dato una data o un momento precisi. Avevo attraversato lo stato in macchina dal North Carolina da sola e all'epoca non avevo avuto idea di quanto mi ci sarebbe voluto. Quando finalmente avevo accostato di fronte alla casa principale del ranch, ero stata accolta da un intero stuolo di ragazzi. Dovevano avermi sentita arrivare o aver visto il polverone sollevato dalla mia auto sul lungo vialetto sterrato. Qualunque fosse stato il motivo, il mio primo pensiero quando mi si erano avvicinati era stato che fossero nel mezzo di una sessione fotografica per un calendario di cowboy, perché erano tutti dei fighi vestiti di jeans, camicie con bottoni a scatto e cappelli Stetson. Uno dopo l'altro e dopo l'altro ancora.

Ma due in particolare avevano attirato la mia attenzione e mi avevano fermato il cuore. Jamison e Boone. Sì, erano più che bellissimi, ma il modo in cui mi guardavano, con quell'intensità e quegli occhi freddi come se riuscissero a vedere quanto fossi nervosa, quanto stanca, emozionata, speranzosa... sembravano riuscire a vedere *me*.

Gli altri, a confronto, sembravano dei cuccioli impazienti.

Jamison era il caposquadra dello Steele Ranch, l'uomo al comando. Boone aveva detto di non vivere al ranch come gli altri, ma di trovarsi lì per dare un'occhiata ad uno degli uomini che si stava riprendendo da una commozione cerebrale.

Mi ero sentita piccola accanto a loro. Essendo minuta, praticamente chiunque sopra i dodici anni di età era più alto di me, ma Jamison doveva superarmi di almeno trenta centimetri e Boone qualcosina in più. Avrei dovuto sentirmi nervosa; avrebbero potuto facilmente sopraffarmi o farmi del male. Non mi sentivo così. No, io mi sentivo... protetta. E un po' sconvolta perché mi eccitavano. Un sacco. Mi *sentii* eccitata nello stringere loro la mano, nel trovarmi sotto il loro sguardo indagatore. Mi si bagnarono le mutandine con una semplice e breve presentazione, grazie al modo in cui i loro occhi si mossero su ogni singolo centimetro del mio corpo. E non avevo pensato ad altro che a loro sin da quel momento. Due cowboy più grandi ed esperti di me che senza dubbio sapevano esattamente cosa fare con le loro mani e... ogni altra *grande* parte dei loro corpi.

«Mi spiace che Kady non sia riuscita a venire,» disse Shamus, alzando la voce per coprire la musica. Era un laureando al college statale e studiava scienze animali, e sarebbe tornato a casa per l'ultimo anno un paio di settimane più tardi. «Cord e Riley l'hanno riportata ad est. Una specie di festa di addio. So che non vede l'ora di conoscerti.»

Trassi un sorso dalla mia birra fredda, cercando di immaginarmi Kady. Non sapevo quasi nulla di lei, solamente che era un'insegnante e che aveva una relazione seria con l'avvocato, Riley, e un altro uomo. Una relazione a tre. Avrei dovuto esserne sorpresa, e magari lo ero, ma solamente perché anch'*io* avevo una cotta per due uomini. Li avevo conosciuti solamente per una decina di minuti, ma era successo comunque. Ero... attratta da Jamison e Boone. Folle? Sì.

Volevo rivederli, scoprire se quei sentimenti fossero una coincidenza o qualcosa di più. Jamison non sembrava uscire molto con gli altri ragazzi – dal momento che non c'era quella sera – magari perché era più grande di loro, o perché non gli piacevano i balli di gruppo. Immaginai che si avvicinasse più ai quarant'anni che ai trenta. Lo stesso valeva per Boone. Non mi infastidiva, il fatto che fossero tanto più grandi di me. Niente di ciò che sapevo – o avevo visto – mi infastidiva affatto.

Per quanto riguardava Kady, se lei riusciva a far funzionare una relazione con due uomini e a nessuno sembrava importare, allora forse potevo farlo anche io. Dio, stavo pensando ad una *relazione* e a malapena avevo avuto una conversazione sia con Jamison che con Boone. Ero ridicola. Il fatto che non li avessi più rivisti dacché ero arrivata dimostrava solo che molto probabilmente loro nemmeno pensavano a me. Avevano solo fatto i gentiluomini nell'accogliermi. Nulla più.

Mandai giù un gran sorso di birra.

«Non importa. Tornerà presto ed io non vado da nessuna parte.»

Era così. Avevo intenzione di restare a Barlow. Dovevo solamente occuparmi di mia madre. Prima o poi. Solo, non in quel momento. Mi stavo divertendo troppo. Il Montana mi si addiceva alla grande.

«Hai altri fratelli o sorelle?» mi chiese Shamus, quando la musica si placò un attimo tra una canzone e l'altra.

«A parte Kady, mi è stato detto di avere altre tre sorellastre che non ho ancora conosciuto. Poi ce ne sono altri tre. Una sorella e due fratelli adottivi. Tutti più grandi.»

Erano figli di mio padre – no, del mio patrigno – avuti dal precedente matrimonio e non eravamo poi così legati, per dirla nel migliore dei modi. A quanto pareva, non eravamo nemmeno imparentati. Non scorreva alcun sangue in comune nelle nostre vene. Essendo per metà sorelle, speravo che Kady ed io saremmo riuscite se non altro ad essere amiche.

«È stato bello da parte vostra chiedermi di uscire con voi,» dissi, cambiando discorso. «I balli di gruppo sono divertenti.»

Quando avevo chiesto loro cosa si indossasse per un'attività del genere, loro si erano semplicemente guardati dalla testa ai piedi con indosso i loro jeans e le camicie, poi mi avevano detto del negozio di abiti western in paese. Betty, la proprietaria, era stata di grande aiuto nel trovare qualcosa che mi avrebbe permesso di inserirmi nel gruppo, inclusi gli stivali da cowboy e una bella gonnellina di jeans.

«Non li hai mai fatti prima?» chiese Patrick, prendendo posto su uno degli sgabelli alti e afferrando la caraffa per riempirsi il bicchiere.

Scossi la testa. «No. Non erano una cosa a cui mi dedicassi quando ero al college e da allora sono stata in Islanda.» Come se ciò spiegasse tutto. Non era così. Avevo completato di corsa gli studi nella stessa associazione studentesca femminile di mia madre e i balli di gruppo di certo non si addicevano a quella gente. A lei non sarebbe piaciuta nemmeno l'Islanda – troppo selvaggia – ma era lì che dovevo andare per effettuare le mie ricerche per la laurea, per cui era *accettabile*. Cercai di immaginarmi mia madre in un bar country e sorrisi. Poi mi tornarono in mente i pensieri di lei che si portava a letto Aiden Steele. Gah. Posai la mia pinta e mi ravviai una ciocca di capelli dietro l'orecchio. «Faccio una corsa in bagno. Arrivo subito.»

Loro annuirono prima che io me ne andassi, facendomi strada tra la folla fino al corridoio sul retro. Avrei dovuto passare al negozio a ringraziare Betty per il suo aiuto. I miei abiti si adattavano alla perfezione al modo di vestire di tutti gli altri e gli stivali erano divertenti e totalmente non da me. No, magari erano da *nuova* me.

Un tizio mi si parò di fronte, posandomi una mano in vita. «Ma ciao,» mi disse. Doveva avere circa venticinque anni, era robusto. Il suo sorriso però non era gentile e il suo tocco troppo brusco. Cercai di scostarmi, ma le sue dita strinsero la presa.

«Ciao,» dissi, senza incrociare il suo sguardo. «Sto andando in bagno.»

Feci un passo a destra cercando di aggirarlo. Lui allungò un braccio e appoggiò la mano al muro, bloccandomi.

«Ti ho vista ballare. Mi piace come ti muovi.» Il suo respiro caldo mi soffiò sul collo e rabbrividii.

«Grazie. Guarda, devo fare pipì.» Mi abbassai rapidamente per passargli sotto il braccio – uno dei vantaggi dell'essere così bassa – e corsi in bagno. Esalai. Vi restai più tempo del dovuto, per una volta felice che ci fosse la coda, sperando che avrebbe rinunciato o che si fosse trovato qualcun altro con cui attaccare bottone. Qualcuno che fosse interessato. Io di certo non lo ero.

Ma quando tornai di là, era ancora lì, appoggiato al muro, con le braccia incrociate. «Ci hai messo un bel po'.»

Mi accigliai, cominciai a incamminarmi lungo il corridoio decidendo di ignorarlo, ma lui mi si mise davanti. «Forza, piccola.»

«Non mi chiamo piccola.» Mi spostai a sinistra. Lui mi si parò di fronte.

«Allora come ti chiami? Devo saperlo, perché così posso gridare il nome giusto mentre ti scopo.»

Come no.

«Col cavolo.» Scossi la testa, feci un passo verso destra, poi di nuovo a sinistra, cercando di aggirarlo. Non era il primo stronzo col quale avevo a che fare e di sicuro lui era insistente. Ma quando mi venne addosso, facendoci voltare così da farmi fare un passo indietro sbattendo contro il muro, con ogni singolo centimetro del suo corpo robusto a tenermici intrappolata contro, cominciai ad andare nel panico. Puzzava di birra stantia e sudore.

E quando la sua manaccia mi si posò dietro la coscia, cominciai ad agitarmi. Sarebbe stata solamente questione di tempo prima che si fosse spinta più in su.

«Lasciami.» Gli misi le mani sul petto per spingerlo via, ma era troppo grande. Troppo forte.

«Non finché non avrò ottenuto almeno una palpatina.»

3

*B*OONE

Il bar era pieno. Odiavo la folla, odiavo la musica alta. Non sarei entrato per niente – o nessuno – a parte Penelope. Era stata una bella fortuna che mi trovassi allo Steele Ranch, quando era arrivata qualche giorno prima, e tutto perché a Davies serviva una visita di controllo dopo il suo trauma cranico. Stava bene, sarebbe tornato in sella nel giro di pochi giorni.

Per quanto riguardava me? Il solo vedere quel corpicino sodo mi aveva fatto sentire come se fossi stato *io* ad essere caduto da cavallo battendo la testa su uno dei pali del recinto. Il danno era fatto; non sarei mai più stato lo stesso. Lei non era il mio tipo; non mi avevano mai interessato le biondine basse e formose, ma magari era per quello che ero ancora single. Penelope Vandervelk era un bel pacchettino sexy ed io volevo scartarne ogni strato fino a trovarmela nuda di fronte a me. E Jamison.

Non intendevo solamente i suoi vestiti. Dopo quel giorno, l'avevo cercata online. A parte essere bellissima, era anche intelligente. Il che la rendeva ancora più incredibile.

Non avrebbe significato un bel niente, però, se non fossi riuscito ad averla tutta per me. Jamison era stato irremovibile sul fatto che fossimo troppo vecchi per lei. Aveva ragione. Diamine, fare il filo ad una ventiduenne quando si hanno trentacinque anni è quasi come importunare una bambina. Non era una ragazzina solo un po' provocante, non era nemmeno da poco maggiorenne. Aveva un fottuto master e un paio d'anni di esperienza per sapere come funzionavano le cose. Come gestire un uomo con quelle curve a clessidra e la sua bella figa. Il mio uccello trovava tutto di lei fin troppo eccitante, perfino quella sua mente tanto brillante. L'altro giorno me n'ero andato dal ranch e avevo dovuto accostare il furgone per tirarmelo fuori e farmi una sega. A bordo strada.

Avevo fantasticato sulla sensazione che mi avrebbe dato la sua piccola figa che mi gocciolava sul cazzo. Su quanto sarebbe stata calda e bagnata e impaziente di sentire la mia lingua leccarle via ogni singola goccia. Ed era stato allora che ero esploso come un fottuto geyser sporcandomi tutta la mano. Non mi ero sentito così eccitato da quando avevo quindici anni.

E Jamison pensava che fossimo troppo vecchi. Dovevo solamente avere abbastanza pazienza da attendere che lui si desse una svegliata. Per fortuna, avevo avuto due turni da dodici ore per distrarmi dal pensiero delle mutandine di Penelope. Tre giorni. Tre lunghi giorni in cui avevo aspettato che lui si arrendesse. Finalmente. Finalmente, cazzo, aveva lasciato che fosse l'altro suo cervello a pensare.

Scossi la testa con impazienza mentre entravo nel bar appena dietro di lui. Jamison venne immediatamente chiamato da un amico e fu costretto a salutare.

Concentrandomi solamente sul nostro bellissimo obiettivo, mi allontanai e andai alla ricerca di Penelope, con la mia erezione che praticamente mi indicava la strada.

Intravidi i ragazzi del ranch e mi feci strada tra la folla fino al loro tavolo. Una nuova canzone partì dagli altoparlanti nascosti e dovetti urlare per farmi sentire mentre mi guardavo attorno. «Dov'è Penelope?»

Patrick sollevò una pinta di birra pulita. «Vuoi una birra?»

Scossi la testa. Non volevo una birra. Volevo la mia donna. Ripetei la domanda. Patrick si sporse verso di me e urlò, «Bagno.»

«Da sola?» ribattei io.

Shamus mi diede una pacca sulla spalla. «Da quando seguiamo le donne al bagno?»

Io mi guardai attorno, osservai tutte le donne vestite in maniera succinta e tutti gli uomini che ci sbavavano sopra, pronti a scopare.

«Da quando questo posto è un mercato della carne.» Feci un cenno del capo in direzione di una donna che ci passava accanto in una minigonna di jeans delle dimensioni di un cerotto. Se avesse sollevato le braccia, sarebbe stata pronta ad un esame ginecologico. Era bellissima in una maniera che diceva "scopami", ma non era Penelope. «Se ti porti una signorina in un posto del genere, la tieni d'occhio. Se va al bagno, la aspetti nel dannato corridoio.»

I due ragazzi – *erano* dei fottuti ragazzini – finalmente distolsero lo sguardo dal culo della donna che ci stava passando accanto e annuirono come se avessi dato loro un ottimo consiglio.

«Se n'è andata, tipo dieci minuti fa,» disse Shamus, dando un'occhiata all'orologio.

Conoscevo le donne e sapevo quanto ci mettevano a fare quel che diamine dovevano fare in bagno. Ma dieci minuti?

Vidi Jamison raggiungerci e gli indicai con un cenno del capo il retro del locale. Cambiando direzione, lui mi seguì fino là.

«Lasciami in pace!»

Sentii la voce di Penelope prima di vedere lei. Questo perché quell'enorme stronzo la teneva bloccata contro il muro, coprendola quasi del tutto alla vista. Non riuscii a non notare il modo in cui la sua zampaccia le stesse scivolando tra le cosce o il modo in cui lei si stesse dimenando e divincolando per evitarla. Sollevò un ginocchio per cercare di colpirlo alle palle, ma era dannatamente troppo bassa. In compenso, gli schiacciò la punta del piede col tacco così da fargli tirar via la mano.

«Lasciala andare, stronzo.»

Lui non si mosse, si limitò a voltare la testa per guardarmi. Sogghignò con scherno. Non era di quelle parti. La maggior parte degli uomini aveva delle maniere più educate di quel maiale e quando non era così, in ogni caso conosceva me, conosceva Jamison e avrebbe già alzato i tacchi, mantenendo la testa – e le palle – intatte.

«È una bella tipetta,» replicò lui. Chiaramente, aveva la merda al posto del cervello.

Sentii il ringhio di Jamison un attimo prima che mi spintonasse di lato fiondandosi contro quell'uomo. Il rumore del suo pugno che colpiva il volto di quello stronzo fu abbastanza forte da essere sentito anche sopra la musica. Così come il tonfo che fece quando crollò a terra. Jamison rimase in piedi sopra di lui, col respiro pesante, ad assicurarsi che non si rialzasse. Qualcuno lo aggirò mentre usciva dai bagni, ma nessuno disse nulla.

Io andai da Penelope, le misi le mani sulle spalle e mi chinai per trovarmi all'altezza del suo sguardo. Valutai rapidamente le sue condizioni in maniera professionale. Niente sangue, niente segni sulla pelle. Aveva gli occhi sgranati, le iridi azzurro chiare un semplice cerchiolino sottile.

«Stai bene?»

Lei annuì, leccandosi le labbra. Aveva il respiro corto, ma si stava controllando. Non potei non notare il modo in cui una vena le pulsava alla base del collo.

«Ho visto la sua mano sulla tua gamba. Ti ha-»

«No. Sto bene. Stavo per urlare, ma voi, be'... ve ne siete occupati voi.»

Sentii un brivido correrle lungo la schiena e me la attirai in un abbraccio, stringendola forte. Non fu tanto per lei quanto per me, per sapere che era al sicuro e ancora intatta, che ci eravamo occupati di ciò che l'aveva minacciata. Un urlo avrebbe funzionato, e non avevo dubbi che sarebbe intervenuto qualcun altro. Ma vedere quel tizio che le metteva le mani addosso... che toccava ciò che era così perfetto, ciò che sarebbe stato nostro – no, ciò che era *già* nostro – col *cazzo*.

Lei era tutta morbida e calda tra le mie braccia, con la testa appoggiata al mio petto, mentre io le accarezzavo i capelli setosi. Sentivo le sue mani sul fondo della mia schiena, le sue dita che mi stringevano forte la camicia. Guardammo due buttafuori trascinare il tizio verso la porta sul retro al fondo del corridoio, con Jamison che li seguiva, le mani sui fianchi, per assicurarsi che lo sbattessero fuori assieme alla spazzatura.

Mi chinai così da poterle sussurrare in un orecchio. Sebbene la musica fosse più smorzata lì nel corridoio, era comunque alta. Non riuscii a resistere all'impulso di posarle un bacio leggero sulle ciocche di seta. «Ti porto fuori di qui.»

Lei annuì. «Jamison ci raggiungerà.»

La feci voltare così da metterle un braccio attorno alle spalle, il suo corpo premuto contro il mio. Col cavolo che avrei lasciato anche solo qualche centimetro tra di noi. Se occupavamo troppo spazio, la gente aveva solo da levarsi dai piedi.

«Voi,» ringhiai, indicando Patrick, Shamus e gli altri assottigliando lo sguardo. Ci avvicinammo al tavolo, rallentando quel poco che bastava per parlare. Loro capirono immediatamente che era successo qualcosa e guardarono Penelope con un misto di terrore e preoccupazione. Sarebbe stata una bella lezione per loro, una che non si sarebbero mai dimenticati. Se non proteggevano una donna che si trovava nelle loro mani, mi sarei assicurato che Jamison li cacciasse a calci dal ranch. Se Penelope doveva vivere da sola nella casa principale, io dovevo sapere che era al sicuro.

Dopo quanto successo a Kady Parks il mese prima con un cazzo di mercenario, per me le serrature non erano abbastanza.

«Parleremo domani.»

Non rimasi ad aspettare che facessero molto più che annuire, mi limitai ad attraversare il bar e uscire diretto al mio furgone, senza mai lasciare la presa su Penelope. La sollevai sul sedile del passeggero – era così fottutamente leggera – e rimasi lì in piedi davanti alla portiera aperta, cercando di non pensare a quanto fosse sottile la sua vita sotto le mie mani. Quanto avrei voluto fargliele scorrere addosso fino a prenderle i seni prosperosi, facendo scivolare i pollici sui capezzoli già induriti. Non era quello il momento.

Trassi un respiro profondo e lo lasciai andare.

«Sai che non ti farei mai del male, vero? Che sei al sicuro con me?»

«Al sicuro con entrambi,» disse Jamison a voce alta mentre ci raggiungeva, i passi pesanti sull'asfalto. «Hai visto cosa succede quando qualcun altro ti mette le mani addosso.»

Le luci del parcheggio la illuminavano di arancione, ma

non mi era mai sembrata più bella di così. Specialmente dal momento che era seduta nel *mio* furgone, con la gonna di jeans che le arrivava a metà coscia mettendo in mostra un paio di centimetri in più delle sue bellissime gambe. Avevo sempre voluto trovarmela lì, da sola con entrambi, ma non per un motivo del genere.

«Lo so,» replicò lei, la voce bassa e sicura mentre spostava lo sguardo tra me e Jamison. «Dopo avervi conosciuti vi-vi ho cercati online. So che siete bravi.»

Bravi? Diamine, se avesse saputo cosa volevo farle, sarebbe tornata di corsa nel bar. Ogni idea sporca che prevedeva il suo corpo nudo al mio servizio era molto, molto cattiva.

Jamison sorrise, un evento raro cui assistere. «Cos'hai scoperto, Micina?»

Mi ero aspettato che la sua voce fosse dura per via della rabbia, dell'adrenalina difficile da bruciare, e invece sembrava quasi... tenero. Specialmente con quel nomignolo affettivo che le calzava a pennello. Ci ero abituato col fatto che lavoravo in pronto soccorso ed ero abituato anche al bruciare in fretta le energie. Se non altro lui aveva tirato un pugno a quello stronzo. Doveva averlo fatto stare dannatamente bene.

«So che sei a capo del ranch e che una volta facevi il poliziotto a Denver. E Boone, tu sei un medico.»

«Nulla di tutto ciò ti assicura che siamo dei bravi ragazzi,» le dissi io. Non accennai, comunque, al fatto di aver condotto a mia volta qualche ricerca sul suo conto. Non avevo idea di come se la fosse cavata nel mondo, così piccola e fragile com'era. Avrebbero potuto farle del male così facilmente, e quello stronzo ora sdraiato vicino alla spazzatura ne era l'esempio perfetto. Dubitavo che fosse stato il primo, ma di certo sarebbe stato l'ultimo a darle fastidio.

Invece di scendere terrorizzata dal mio furgone, lei roteò gli occhi e sorrise. «Capisco tutto fin troppo bene. Il curriculum di qualcuno non assicura che non si tratti di stronzi. Ma ho un buon presentimento riguardo a voi due. Lo... sento e basta, so che siete bravi.»

Non avrei saputo cosa rispondere, per cui lanciai un'occhiata a Jamison.

«Non abbiamo intenzione di riportarti a casa, adesso. Non dopo quello che è successo,» disse lui, posando la mano contro la cabina del furgone e chinandosi verso di lei. «Andiamo a prenderci un caffè. Lasciamo prima che la situazione si plachi.»

Esatto, cazzo. Quel tipo era stato aggressivo, e se lei avesse avuto un crollo emotivo, non l'avrebbe affrontato da sola.

Lanciò un'occhiata ad entrambi, offrendoci un piccolo sorriso. «D'accordo.»

Poteva trovarsi a suo agio con noi, ma noi di certo eravamo fottuti. Era passata direttamente da un'attrazione ad un'ossessione. Ora che le era capitata una cosa brutta, avevo solamente avuto la prova di quanto tenessi a lei. E la cosa era fottutamente folle, visto che l'avevo conosciuta per appena quindici minuti.

Sì, fottuti.

4

PENNY

«Possiamo ucciderlo, sai. Basta che ce lo dici e nessuno troverà il corpo,» disse Jamison.

Eravamo seduti ad un tavolino in laminato robusto alla stazione di servizio all'incrocio con la strada di contea che portava alla statale principale. Sebbene non pensassi che nessuno dei due di solito portasse il proprio appuntamento ad un Autogrill, con l'odore di hot dog tenuti al caldo per tutto il giorno su rulli di metallo e il bagliore fluorescente del locale come pessima illuminazione di atmosfera, era l'unico altro posto aperto a quell'ora della notte. A parte lo Sperone di Seta. Io ero seduta da un lato, di fronte alla parete di bevande refrigerate e al corridoio che portava ai bagni. Boone era davanti a me, le sue ginocchia che si scontravano con le mie sotto il tavolo. Cercavo di non pensare a quella carezza innocente, ma era impossibile. Boone era grande, bellissimo e sexy e il solo tocco delle sue ginocchia mi agitava.

Mentre Jamison era un cowboy dai modi bruschi, Boone era tutto introverso con il suo aspetto cupo e quell'aria profondamente silenziosa. I capelli neri erano leggermente troppo lunghi, lo sguardo penetrante, la mascella pronunciata... tutto era ben pronunciato. Non era tanto abbronzato quanto Jamison, ma chiaramente l'essere un dottore lo teneva più al chiuso. Da quanto avevo letto sul suo conto, l'atteggiamento silenzioso e guardingo nascondeva la sua intelligenza. Potevano pensare che io avessi un paio di diplomi appesi al muro, ma Boone ne possedeva qualcuno più di me.

Era un osservatore. Ne riconoscevo i segni, perché lo ero anch'io. Jamison sembrava valutare la situazione e, quando richiesto, non si tratteneva. Come con quel tipo al bar. Prima aveva tirato il pugno, poi... be', le domande non se le era proprio mai poste.

Jamison ci aveva portato due caffè ed era poi tornato col proprio. Lo posò sulla superficie in finto legno, afferrò una sedia di metallo col cuscino in vinile, la girò al contrario e vi si sedette appoggiando i gomiti sullo schienale.

«Cosa?» chiesi, spalancando la bocca.

«Uccideremo il tizio che ti ha toccata. Lo Steele Ranch ha un sacco di acri di terreno in cui seppellirlo,» ripeté Jamison. Il suo tono e il suo sguardo serio mentre mi fissava mi fecero rendere conto del fatto che non stava scherzando. Un tizio mi aveva toccata e lui non solo l'aveva messo k.o. con un pugno, ma lo avrebbe ucciso se io l'avessi desiderato. «Affiderei a Partrick, Shamus e gli altri il duro compito di scavare la fossa, bella profonda, solo perché non ti hanno protetta.»

Lo sguardo di Boone diceva che era completamente d'accordo, ma probabilmente non poteva dar voce ai propri pensieri, dal momento che aveva espresso un giuramento in quanto medico di non ferire mai nessuno. No, non era per quello. Avrebbe dato manforte al suo amico in un battito di ciglia.

Quei due... erano forti. Fortemente protettivi. Mi corse un brivido lungo la schiena perché quell'intensità, quella protettività impetuosa, erano dirette tutte a me. Era una sensazione forte.

«Non... um, non sarà necessario.» Mi fissarono con insistenza – lo sguardo di Jamison era di un grigio penetrante, quello di Boone quasi nero. «Sto bene. Davvero. E non è colpa loro.»

Jamison si sporse più avanti. «Micina, è colpa loro eccome. Se ti portano fuori, ti devono tenere al sicuro. Punto.»

Non avevo intenzione di discutere con lui al riguardo, perché nulla di quanto avrei detto gli avrebbe fatto cambiare idea. La mia mente si bloccò sul modo in cui mi chiamava Micina. Mi piaceva. Un sacco. Mi schiarii la gola. «Grazie per essere venuto a salvarmi.»

Gli ero grata davvero. Avevo già respinto delle avance indesiderate in passato, più di una volta, ma era fantastico avere qualcuno che interveniva per aiutarmi. Solo che non mi ero mai aspettata che si potesse trattare di loro due. Non avevo nemmeno saputo che si trovassero lì al bar, tanto meno che mi stessero tenendo d'occhio. Dio, guardarli in azione era stato inebriante. Il testosterone in quel corridoio era stato così tanto che ero riuscita praticamente a respirarlo. Era stato tutto una forza della natura. Come due uomini delle caverne che rivendicavano ciò che era loro e lottavano per esso.

Un po' irrealistico, perché io *non* ero loro. Si erano solo comportati da gentiluomini. Mi avevano protetta. Non avevo dubbio che se Patrick o gli altri mi avessero trovata per

25

prima, avrebbero assalito anche loro quel tizio. Dubitavo, però, che chiunque degli altri mi avrebbe resa impaziente di farmi trascinare per i capelli fin dentro la loro grotta. Oh sì, e poi avrebbero fatto di me ciò che volevano, facendo quel che dovevano per continuare a dimostrare la loro virilità. Non che sapessi come funzionasse una cosa del genere per esperienza personale, ma mi ero fatta una buona idea.

Avevo visto dei film. Perfino qualche porno. Essere vergine non significava che non avessi idea di cosa si parlasse. Anche se... l'avevo pensata così fino a quel momento. Con Jamison e Boone, avevo il presentimento che ciò che *pensavo* succedesse tra un uomo e una donna fosse semplicemente Vite A nel Foro B. Loro sembravano il tipo di uomini *molto* meticolosi che non si limitavano alle operazioni di base. Senza dubbio avevano esperienza. Esageratamente tanta. Lanciai un'occhiata alle loro mani strette attorno alle tazzine da caffè usa e getta. Grandi, con le dita lunghe e le vene in rilievo. Forti. Mi dimenai sulla sedia perché mi pulsava la figa. Perfino le loro mani erano sexy.

«Non devi ringraziarci per averti tenuta al sicuro,» disse Boone. Si rigirò la tazza sul tavolo. «Raccontaci di te.»

Mi agitai sul posto, le cosce incollate alla panca rigida. «Cosa volete sapere?»

«Tutto,» dissero loro perfettamente all'unisono.

Inarcai le sopracciglia.

Boone si chinò in avanti appoggiando gli avambracci sul tavolo. Fissò il suo sguardo scuro sul mio. Non sbatté nemmeno le palpebre. Io deglutii, mi leccai le labbra e lui osservò con attenzione quel gesto.

«Be', vengo dal North Carolina. Ho appena finito l'università.»

«Sei piuttosto giovane per averla finita,» commentò Jamison, poi trasse un sorso di caffè dalla propria tazza. Fece una smorfia e la posò di nuovo sul tavolo.

«Ventidue anni,» controbattei io. «Ho saltato la terza elementare.»

«Sei cresciuta solo con tua madre?» chiese Jamison.

Scossi la testa, ravviandomi una ciocca di capelli dietro l'orecchio. «Mia madre ha sposato il mio patrigno quando era incinta di me. È ciò che ho scoperto da poco. *Pensavo* che l'anello fosse arrivato prima, che Peter Vandervelk fosse effettivamente mio padre, ma non era così.»

Spostai lo sguardo dalla mia tazza ai ragazzi. Mi stavano osservando attentamente, ma rimasero in silenzio. In attesa che io proseguissi.

«Lui ha altri tre figli più grandi nati da un matrimonio precedente. Due sono dottori, adesso, mentre l'altra è un avvocato.»

«Impressionante,» commentò Jamison in tono neutro.

Pensai a Kyle, Ryan ed Evelyn. La loro determinazione *era* impressionante. Un neurochirurgo, uno specialista toracico e la partner femminile più giovane mai entrata a far parte del suo studio legale a Charlotte. Feci spallucce, perché nonostante eccellessero nel loro campo, non erano persone tanto belle.

«Per caso tua madre è la parlamentare Vandervelk?» chiese Boone.

Sollevai un angolo della bocca. «Mi avete cercata su internet, proprio come ho fatto io con voi.»

Lui annuì. A dirla tutta ero piuttosto felice del fatto che sapessero già qualcosa sul mio conto, perché almeno non sarei dovuta scendere nei dettagli. Non dovevo raccontare loro che mia madre aveva mentito, non solo a me, ma al mondo intero, riguardo a chi fosse mio padre. Quanto fosse più importante per lei mantenere le apparenze con i suoi elettori piuttosto che far conoscere a me, sua figlia, la verità.

«Perché volete sentirvi dire ciò che già sapete?» mi chiesi

a voce alta. Mi misi le mani in grembo, asciugandomi i palmi sudati sulla gonna.

«Perché voglio sentirlo dire da te,» replicò semplicemente Boone.

Sospirai. «Sì, mia madre è un membro del Parlamento. Il mio patrigno è il Vice Cancelliere di un ospedale universitario a Charlotte. Titoli di lusso per gente di lusso.»

«Tu hai studiato scienze,» aggiunse Boone.

Fui sorpresa del fatto che non mi avesse chiesto altro sui miei genitori. Era ciò che faceva la maggior parte delle persone. O volevano qualcosa da loro, o quantomeno avere una connessione con loro tramite me.

«Sì, mi sono specializzata in geoscienza del substrato.»

Mi ascoltavano entrambi con attenzione, gli occhi fissi su di me come se fossi l'unica cosa che avevano intorno, l'unica cosa interessante, non il tizio che stava chiedendo indicazioni in cassa o il rumore delle pompe di benzina.

«Ho trascorso mesi in Islanda a finire la mia tesi, con la quale non ho intenzione di annoiarvi. Ecco perché non sapevo dell'eredità o di Aiden Steele. Non ho saputo nulla fino a quando non sono tornata. Avevo fatto trattenere la posta.»

«Io ho dovuto studiare un sacco di scienza per la scuola di medicina, ma non ho idea di cosa sia la geoscienza del substrato.» Boone si stava dimostrando sincero. Onesto. Lo erano entrambi. Ed erano davvero interessati a me. Alla mia vita. Niente rete di contatti per arrivare ai miei genitori.

«Geoscienza del substrato? In tre parole: gas e petrolio.»

Jamison si passò una mano sulla nuca. Non riuscii a non notare l'increspatura dei suoi capelli, in contrasto con la pelle abbronzata. Mi chiesi se fossero morbidi al tatto, se la sua pelle fosse calda, che sensazione mi avrebbe dato contro le labbra. Stavo avendo tutti quei pensieri sexy e fuorvianti su di loro. Era stato così sin dal primo momento che li avevo visti. Non avevo mai considerato un uomo abbastanza invitante da farci sesso. Prima di quel momento. Certo, avevo conosciuto degli uomini bellissimi, ma nessuno di loro mi aveva mai *fatto effetto*. Ora, all'improvviso, la mia libidine in ibernazione aveva deciso di risvegliarsi. Come una bambina che aveva appena mangiato troppo zucchero, su di giri e pronta a scatenarsi. Volevo Jamison. Volevo Boone, e non ero del tutto certa di cosa avrei dovuto fare in merito. Non avevo idea di come sedurre un uomo, figuriamoci due.

«Ci sono delle buone carriere da intraprendere in quel settore, specialmente da queste parti.»

Sì, in quella zona i diritti minerali, i diritti sul gas e sul petrolio e perfino le estrazioni facevano scalpore. Erano una questione importante. C'erano un sacco di azioni legali in corso tra gli ambientalisti e le compagnie di estrazione. Tanti soldi. Tanta distruzione, anche. Cose folli come l'aumento dei livelli di radon e perfino terremoti generati dall'uomo. Era un incubo politico.

«Sì, sono già stata corteggiata. Offerte di lavoro.» Rivolsi loro un rapido sorrisino. «Ma ho già delineato la dissertazione per il dottorato che conseguirò a breve.»

«Non mi sembri molto entusiasta. Né dei lavori, né del dottorato,» mormorò Jamison, osservandomi attentamente, come se fosse in grado di sentire la verità che si celava dietro le mie parole.

Un cliente entrò e la campanella sulla porta suonò. Andò al bancone e chiese un pacchetto di sigarette.

«Un Vandervelk punta in alto.» Quelle parole erano come un mantra, che mi era stato inculcato fin dalla nascita. Avevo risposto in automatico senza nemmeno pensarci.

«Che diamine vorrebbe dire?»

Lanciai un'occhiata a Boone, che si era accigliato. Sembrava arrabbiato.

«Io mi chiamo Penelope Vandervelk.» Mi battei un dito

sul petto. «Ci si aspetta che raggiunga certi traguardi. Voglio dire, non farei fare bella figura a mia madre, o a chiunque degli altri, se facessi-»

Entrambi si chinarono in avanti fino a farsi vicini, un po' troppo vicini. «Se facessi cosa?»

«Se facessi ciò che voglio,» ammisi.

«E cos'è che vuoi fare, unirti al circo?»

Sorrisi, l'idea era ridicola, eppure sarebbe stato divertentissimo dirlo a mia madre. «Ma certo che no.»

«*Vuoi* studiare gas e petrolio?»

Scossi la testa. Non riuscivo a credere che stessero scavando così a fondo, superando tutti i sorrisi falsi e le storie che raccontavo a, be', a tutti. Avevo imparato dall'esperta come fare una conversazione senza dire davvero nulla di importante. Ma Boone e Jamison? Non riuscivo a dare risposte false. Se riuscivano a leggermi così bene, a *vedermi* così bene, avrebbero visto anche le mie menzogne. Non volevo mostrarmi falsa con loro. Non volevo che ci fossero bugie tra di noi. Volevo che sapessero la verità. Che conoscessero la vera me.

«Hai passato anni a studiare una disciplina che non volevi,» constatò Jamison. «E hai intenzione di continuare a farlo, di ottenere il tuo dottorato solo per... cosa? Per far mantenere le apparenze a tua madre?»

Giocherellai con la mia tazza di caffè e Jamison me la prese, posando una mano sopra la mia. Io la guardai, così grande che la mia vi si perdeva sotto. Avevo la dura superficie del tavolo contro il palmo e una mano calda, anche se callosa, che mi offriva delicatamente conforto da sopra.

«Non avevo scelta,» ammisi.

«Perché no?»

Mi leccai le labbra, incrociando lo sguardo di Jamison. «Perché mi avrebbero tagliata fuori.»

Boone si appoggiò allo schienale del divanetto, rise e

scosse lentamente la testa. «Non ti servono i loro soldi, dolcezza.» Quel nomignolo era intriso di sarcasmo e mi mise immediatamente a disagio. Non c'era alcun calore in quella parola come quando mi chiamavano Micina. «Con la tua laurea, dovresti cavartela benissimo da sola. Come hai detto, hai ricevuto delle offerte di lavoro. Non morirai di fame, per quanto magari non riuscirai a comprarti subiti un Ferrari.»

Ritrassi di scatto la mano da sotto quella di Jamison e scivolai fuori dal divanetto, alzandomi. Improvvisamente, mi sentivo fredda e molto sola. «Abbiamo finito, qui.»

5

PENNY

Il braccio di Jamison mi circondò la vita prima che potessi fare un passo, e lui mi tirò indietro stringendomi al suo fianco. Essendo seduto, aveva gli occhi esattamente all'altezza del mio seno. Il suo braccio era forte, ma la presa rilassata.

«Piano, Micina. Dicci perché hai tirato fuori gli artigli.»

Guardai Boone assottigliando gli occhi, furiosa del fatto che fosse saltato alle conclusioni. Specialmente visto che era proprio come tutti gli altri, a pensare che fossi viziata. Capricciosa. Che mi fosse stato dato tutto ciò che avrei mai potuto desiderare. Quanto poco sapevano.

«Sì, la mia famiglia è ricca,» dissi loro, con voce aspra. Tuttavia, tenni il tono basso. Non che al tipo dietro al bancone sarebbe importato se avessi urlato o meno. Visto il numero di clienti che andavano e venivano, qualsiasi tipo di sceneggiata sarebbe probabilmente stata un'emozione per lui. «Mi ha pagato sette anni in collegio. Un'università della Ivy League. Io non ho chiesto niente di tutto questo. Non mi importa dei soldi. Se non faccio ciò che ci si *aspetta* da me, mi tagliano fuori. Del tutto.»

Jamison si alzò, girò la sedia, si risedette e mi trascinò in braccio a lui nel giro di un attimo. Mi strattonò con delicatezza, tuttavia mi spostò con una tale facilità che mi ricordò della differenza di dimensioni tra noi, di forza. Mi fece finire esattamente dove voleva lui, ovvero molto vicina al suo corpo. Io gli misi le mani sulle spalle per tenermi in equilibrio visto il cambiamento improvviso, sebbene lui avesse ancora il braccio avvolto attorno alla mia vita. Non potei non notare l'ampiezza e la robustezza delle sue cosce sotto di me, il calore del suo corpo o il suo profumo pulito. Non era acqua di colonia, era qualcosa di più discreto, come sapone e odore di uomo vigoroso. «Jamison!» urlai, cercando di alzarmi, o quantomeno di ritirarmi giù la minigonna di jeans, ma lui si limitò a stringere la presa, tenendomi ferma.

Mi sentivo piccola in braccio a lui, con la testa al di sotto del suo mento e i piedi che non arrivavano minimamente a toccare il pavimento di linoleum.

Boone allungò una mano e mi sollevò il mento, il suo sguardo scuro che incrociava il mio, immobilizzandomi. Quegli occhi accesi mi fecero dimenticare del tutto di trovarmi in braccio a Jamison. «Non intendevo ferirti con le mie parole. Ma a volte togliersi una spina richiede un po' di dolore. Volevi dire che ti taglierebbero fuori dalla famiglia.»

Annuii. Ammetterlo *era* doloroso, e la verità marciva da tempo. Non che avessi mai avuto davvero il loro affetto, comunque, ma ci avevo sperato. Avevo sempre sperato di ottenere qualche avanzo di amore da parte loro, perfino alla distanza di sette stati da loro chiusa in un collegio a dedicarmi alla mia tesi.

«Ecco perché-» Mi schiarii la gola, cacciando via le

lacrime. Non avevo idea del perché la cosa mi turbasse sempre a quel modo; forse era perché per quanto la mia famiglia non assomigliasse per nulla a quella che avrei desiderato – una in cui non ci fosse dubbio sull'affetto che si provava gli uni per gli altri, in cui si ridesse, ci si sentisse legati – era l'unica che avevo. «Ecco perché l'eredità di Aiden Steele, di mio... padre è arrivata al momento giusto. Ho appena terminato i miei master e non sono poi così impaziente di continuare a conseguire il mio dottorato. Ho saputo la verità, ho affrontato mia madre. Non poteva negarlo, non con i documenti legali che mi ha mandato Riley. Perfino mia sorella, l'avvocato, era colpita. Mi ero sempre chiesta perché non fossi come loro. Così concentrata. Così motivata ad essere la migliore.»

«Ottenere un master a ventidue anni in quel ramo di specializzazione è da persone motivate,» fece notare Jamison.

«Sono anche indifferente, il che è uno spreco. Riuscivo a reggere il peso dello studio, ma non mi importava davvero. Non sentivo di mettere il cuore in quello che stavo facendo. Ed ecco perché semplicemente non mi sono mai sentita al mio posto. Perché mia madre fosse sempre fredda nei miei confronti, perché io non sia mai piaciuta agli altri. Ora ho la risposta. Non sono mai stata davvero parte della famiglia.»

«Mi sorprende che tu non lo sapessi.»

Scossi la testa e Boone lasciò cadere la mano. «Mia madre si occupa di politica. Pensate che avere un figlio al di fuori del matrimonio, perfino se anni prima di ottenere la sua carica, avrebbe giovato alla sua immagine? Mia madre e mio padre – il mio patrigno – non sono la classica coppia affiatata e innamorata. Non vivono nemmeno nello stesso stato per la maggior parte dell'anno. Non ho idea del perché si siano sposati. Be', so perché mia *madre* si è sposata. Era incinta di me. Allora non era in politica, ma aveva comunque la stessa mentalità. Naturalmente, la sua avventura, il suo flirt, qualunque cosa fosse, con Aiden Steele, era un segreto. Lo è ancora. Almeno fino ad ora, fino a quando lui non è morto e mi ha resa sua erede. Ecco perché mi trovo nel Montana in *vacanza*.»

Lo sguardo di Boone si assottigliò man mano che parlavo, e lo vidi sempre più teso. «Vacanza?»

«Mmm hmm, un luogo tranquillo in cui poter finire di delineare la mia dissertazione per il mio referente e per la commissione. È su questo che ci siamo accordate. Avrei sfruttato questo tempo per comprendere la mia eredità senza far scoprire la verità. E avrei terminato la scaletta della tesi, ovviamente.»

«Cos'hai intenzione di fare realmente?» chiese Boone, piegando la testa da un lato.

Osservai il modo in cui la camicia bianca gli si tendeva così alla perfezione sulle spalle ampie, i muscoli al di sotto ben definiti. Avevo l'impulso di allungare una mano, di farci scorrere sopra la punta delle dita, di sentirne la potenza. Invece, feci spallucce. «È un sollievo, a dirla tutta,» dissi senza rispondere alla sua domanda. «Sapere la verità. Capire, finalmente. Ora posso inseguire ciò che voglio.» Lanciai un'occhiata a Boone. «L'unica cosa che ho sempre voluto.»

«E cos'è?» mi chiese Jamison; ora toccava a lui pungolarmi. Mi fece scorrere la mano lungo la schiena, su e giù, in un gesto lento e delicato. Era calda. Una carezza morbida. Rassicurante. Sembrava essere molto bravo a tirarmi fuori le parole con dolcezza.

«Una famiglia tutta mia. So di essere giovane, troppo giovane per pensarla così, ma è ciò che voglio.» Non esitai quella volta, non ebbi incertezze perché era ciò che sognavo da una vita. Fin da quando ne avevo memoria. Sdraiata a letto la sera in collegio, desideravo di avere una famiglia che mi volesse. Volevo una casa mia. Il profumo di cibo che proveniva dalla cucina. Un marito che avrebbe visto solo me, avrebbe desiderato solo me. Avrebbe condiviso il mio letto, mi avrebbe amata. Mi avrebbe dato quella sfilza di bambini che desideravo avrebbero fatto un gran disordine in casa e avrebbero portato caos e follia. Tappeti macchiati. Piatti sporchi nel lavandino. Scarpe infangate sui pavimenti di legno. Tutto ciò che a me era stato proibito crescendo.

Ma nessun uomo che avessi mai incontrato voleva sentirsi dire di avviare una relazione seria tanto in fretta. Uscire insieme per un po', magari andare a vivere insieme per un paio d'anni. Forse. Ma tutti avevano pensato a vivere l'attimo, non a fare progetti. Un attimo decisamente breve, come una sola notte. Ecco perchè non avevo mai detto a nessuno la verità, non ero mai davvero uscita con qualcuno. Perché ero ancora vergine.

Non volevo governare il mondo; volevo essere la classica donna di casa. Volevo dei figli. Volevo una famiglia, una casa, un cane. Tutto quanto. Aiden Steele mi aveva dato l'opportunità di ottenere quelle cose. Un gruzzolo – un bel gruzzolone – una casa e la possibilità di essere me stessa. La vera me. Avrei perso la mia famiglia, ma avevo appena scoperto che non lo erano *davvero*. Ed era stato un gran sollievo. Se mi avessero tagliata fuori, allora avrei saputo che era perché quello non era mai stato il mio posto, in ogni caso. Non potevo essere cacciata fuori da una famiglia che non era mai stata davvero la mia.

Il problema che si celava dietro al mio sogno era trovare l'uomo giusto. Un uomo che desiderasse una relazione. Non ero il tipo di donna che si sarebbe accontentata di qualcosa di meno. Non volevo un rapporto casuale. Patrick e Shamus erano troppo giovani. Avrebbero voluto il sesso, chiaramente, prendersi la mia verginità, ma non avrebbero gradito le conseguenze. Orgasmi, sì. Relazione duratura? No.

E per quanto riguardava Jamison e Boone? Ero attratta da

loro, li volevo. Avevo raccontato loro la verità. Adesso la conoscevano. Erano stati colpiti dalla notizia bomba della relazione e sapevo che sarebbero scappati a gambe levate. Mi morsi il labbro, in attesa. Senza dubbio mi sarei ritrovata al ranch, da sola, entro un'ora e non avrei mai più rivisto nessuno dei due.

Non avevo mai voluto una scopata di una notte. Ne avevo avuto più di un'occasione, ma le avevo rifiutate tutte. Volevo il pacchetto completo e se quei due non fossero stati disposti a darmelo, allora non sarei stata peggio di prima. Sarei sopravvissuta. Li conoscevo a malapena. Avrei potuto fare amicizia col mio vibratore e aspettare pazientemente che arrivasse l'uomo giusto. Non sarei scesa a compromessi. L'avevo fatto per tutta la mia vita con i Vandervelk. Avevo fatto ciò che avevano voluto loro. Che mi avevano imposto.

Ora non più. Adesso erano le mie ovaie a farla da padrone. E stavano producendo ovuli per Jamison e Boone.

Boone ringhiò, poi si girò da un lato così da sedersi con le gambe fuori dal divanetto. Agitò le dita e Jamison mi spinse via dal suo grembo così che mi ritrovassi in piedi tra le ginocchia aperte di Boone. Seduto com'era, ero più alta di lui, e mi sembrava strano guardare dall'alto qualcuno di così imponente. Mi acciglai. Ero confusa circa cosa volesse.

«Devo chiamare un taxi?» chiesi, sebbene non fossi nemmeno sicura che ce ne fossero da quelle parti.

«Taxi?» chiese lui. Boone mi inchiodò con lo sguardo ed io percepii Jamison al mio fianco. Erano vicini. Più vicini di quanto mi sarebbero dovuti stare due uomini.

Annuii. «Non preoccupatevi. Non avevo intenzione di fregarvi, né niente del genere. Mi avete solo fatto tirare fuori la verità. Non vuol dire niente, non intendevo *voi* nello specifico. Troverò l'uomo giusto prima o poi.»

La mano grande di Boone mi prese la mascella ed io stavo pensando alla sensazione dei suoi calli sul palmo, quando le sue labbra incontrarono le mie. Trasalii a quella sensazione morbida; la sua bocca sfiorava la mia in una carezza estremamente delicata, come se mi stesse testando. Conoscendo. Colse l'occasione e la sua lingua andò a cercare la mia, trovandola. Trasalii di nuovo all'impulso di calore che provai con quell'audace carezza. Quel calore umido era scioccante, esilarante. Ero già stata baciata in passato. Potevo essere vergine, ma avevo passato l'adolescenza in collegio e all'università. Ero solo stata un po' troppo giovane per fare di più.

Posai le mani sulle spalle di Boone, percependo i suoi muscoli muoversi mentre lui continuava a baciarmi, usando il suo palmo per girarmi la testa all'angolazione che preferiva. Le sue dita si intrecciarono nei miei capelli e percepii la sua bramosia in quello e nell'intensità del bacio.

Ero tutta accaldata, languida. I capezzoli mi si indurirono contro il cotone del reggiseno e se Boone avesse mai sollevato la testa, avrebbe visto la prova della mia reazione. Ciò che non sarebbe riuscito a vedere era che avevo le mutandine bagnate.

Boone si ritrasse ed io mi resi conto di aver chiuso gli occhi. Li aprii, sbattendo le palpebre.

«Per che cos'era quello?» chiesi, senza fiato. A voce bassa.

Le pupille di Boone erano quasi nere, ormai, il suo sguardo fisso sulle mie labbra. Le sue erano umide. Arrossate. Anche lui aveva sentito qualcosa.

«Volevo farlo dal primo istante in cui ti ho vista. Cazzo, hai un sapore buonissimo,» disse dopo un attimo, più che altro tra sé, mentre si leccava le labbra.

«Pensavo di non piacerti nemmeno,» controbattei io, confusa. O magari era il mio cervello che era andato in tilt per via del bacio. O entrambe le cose.

«Perché mai dovresti averlo pensato?» Il suo respiro mi

colpiva la mascella, mentre lui mi baciava, mordicchiava e leccava fino ad arrivare all'orecchio.

Piegai la testa per consentirgli maggiore accesso, mentre i suoi denti sulla mia pelle mi facevano venire la pelle d'oca sulle braccia.

«A parte le tue domande sfacciate? Perché l'altro giorno mi hai detto "Piacere di conoscerti" e te ne sei andato.»

Emise un verso e mi morse il lobo dell'orecchio. «Questo perché quello stronzo al tuo fianco non era ancora pronto a rivendicarti.»

Quand'era che Jamison mi aveva posato una mano sulla schiena? Doveva essere sua perché una di quelle di Boone era incastrata tra i miei capelli e l'altra era sul mio fianco. Il vantaggio di stare con due uomini – mani in più.

«Penelope,» esordì Jamison.

«Penny,» lo corressi io, cercando ancora di recuperare fiato. E di riavviare il cervello. Boone mi stava distraendo molto, troppo. O forse erano i feromoni che stava emettendo? O il suo sapore sulle mie labbra? «Solo la mia famiglia mi chiama Penelope.»

«Penny va bene, ma mi piace di più Micina,» replicò Jamison.

Boone districò le dita dai miei capelli così che io potessi voltare la testa per guardarlo.

«Pensavo fossimo troppo vecchi per te,» ammise Jamison.

Il mio sguardo eccitato gli scrutò il viso. Ne vidi le piccole rughe attorno agli occhi, le pieghe sulle guance. Aveva trentott'anni, non sessanta. Non lo vedevo *vecchio*. Lo vedevo saggio. Esperto. Vissuto. Sexy. Invitante. Gli fissai la bocca. Tanto baciabile quanto quella di Boone. Volevo sapere che gusto avesse anche lui.

«E adesso?» chiesi. Nervosa. Se non mi avessero voluta, mi sarebbe stato bene. Avevo già avuto delle cotte in passato. Si poteva sopravvivere. O magari Boone mi voleva e Jamison no. Boone *era* qualche anno più giovane, o almeno così pensavo. Ma io non volevo solo Boone. In qualche modo, per qualche strana, folle ragione, li volevo entrambi. E senza Jamison, mi sarebbe mancato qualcosa.

Guardai il suo pugno sulla coscia rilassarsi.

«E adesso, non me ne frega un cazzo. Adesso che sappiamo cosa vuoi, che vogliamo la stessa identica cosa, possiamo dartela.»

Si alzò e mi sollevò la testa per tenere il mio sguardo legato al suo. Mi porse una mano.

«È ora di andare. Tocca a me baciarti e non voglio avere un pubblico.»

$\mathcal{J}$ AMISON

Voglio una famiglia tutta mia.

Le parole della Micina – oh sì, si chiamava Micina, adesso – me l'avevano fatto venire duro all'istante. No, ero duro da tre fottutissimi giorni. Mi aveva fatto pulsare l'erezione contro la coscia e stringere i testicoli. Il pensiero di infilarmi tra quelle cosce di crema e riempirla del mio seme mi aveva portato al limite, pronto a venire come un adolescente troppo impaziente.

Lei voleva esattamente quello che volevo io. Una famiglia, una moglie, un figlio. No, un sacco di figli. Li volevo con lei, ma era per quello che mi ero tenuto a distanza. Perché quale ventiduenne avrebbe voluto essere vincolata, avere dei figli? A quanto pareva, Penelope Vandervelk. La mia Micina.

Quando io avevo avuto ventidue anni, era stato l'ultimo dei miei pensieri. Avevo finito il college e mi ero iscritto ad un'accademia di polizia. Boone doveva ancora finire i suoi studi e iniziare la scuola di medicina. Nessuno dei due era stato nella posizione anche solo di pensare a sistemarsi. Il fatto che Penny volesse esattamente quello che volevamo darle noi lo faceva sembrare un segno del destino. Era anche solo possibile? Potevamo essere così fortunati?

Comprendevo le sue necessità, il disperato bisogno di appartenere a qualcosa, di essere amata. Le cose brutte che aveva detto della sua famiglia mi avevano fatto venire voglia di prendere a pugni più che un semplice stronzo con la mano morta. Chi cazzo mandava sua figlia in collegio per sette anni? Un genitore che non voleva averla tra i piedi. Non c'era da meravigliarsi che volesse farsi una famiglia tutta sua. Quella che aveva avuto era stata uno schifo. Ne voleva una che l'avrebbe amata incondizionatamente. Voleva un marito e dei figli da poter amare in modi in cui non era mai stata amata.

Quella notte, le avremmo dimostrato come avrebbe potuto essere con noi. Come l'avremmo tenuta tra di noi apprezzandola con ogni carezza delle nostre mani, ogni profonda spinta dei nostri uccelli. Sarebbe venuta così tante volte che si sarebbe dimenticata tutto meno che i nostri nomi.

Sul sedile posteriore del furgone di Boone, me la tenevo in braccio con la mia bocca sulla sua. Avevo aspettato che lui cominciasse a guidare prima di attirarla a me – il più vicino possibile date le cinture – e assaggiarla di persona. Guardare Boone baciarla era stato fottutamente eccitante, ma avevo desiderato il mio turno. Ora toccava a me. Boone guidava mentre io esploravo la curva delle sue labbra, la sensazione della sua lingua mentre si intrecciava alla mia, il modo in cui il suo respiro si interrompeva quando le mordicchiavo il labbro inferiore carnoso; la sentii gemere quando le leccai il bordo delicato dell'orecchio.

«Dove stiamo andando?» esalò lei, il mento sollevato mentre la leccavo lungo il collo.

Era una serata fresca, ma dentro il furgone l'atmosfera si era decisamente riscaldata.

«Stiamo andando a casa di Boone. Il suo letto è il più vicino,» esalai io. Non riuscivo a sollevare le labbra dalla sua pelle. Dovevo sentirne il calore setoso. Assaggiare la sua dolcezza, inalarla. «Ti farai una bella cavalcata selvaggia coi nostri cazzi.»

«Oh,» commentò lei, più sorpresa del fatto che la mia mano fosse salita a stringerle un seno piuttosto che in risposta alle mie parole.

Mi riempiva con morbidezza la mano, il capezzolo duro mentre vi passavo sopra il pollice attraverso la camicetta e il reggiseno. Il suo corpo sfregò contro il mio. Diamine, reagiva a tutto. Era sexy. Passionale, e avevamo ancora i vestiti addosso. Potevo solamente immaginare come sarebbe stata una volta che mi fossi infilato dentro di lei. Eravamo come degli adolescenti che se la facevano sul sedile posteriore di un'auto, anche se, quella volta, intrufolarmi tra le sue gambe era un dato di fatto.

Ed ero abbastanza vecchio da volere un materasso morbido.

Cazzo, qui non si trattava di una fiamma che bruciava a fuoco lento. Questo era un fuoco impetuoso – lo era stato fin dalla primissima scintilla – e non c'era modo che potesse non accorgersi dell'erezione che le premeva contro. Non c'era niente che potesse nasconderla; non si era ancora sgonfiata. Dopo essermi trovato in quello stato per tre giorni, dovetti chiedermi se sarebbe mai più svanita con la Micina nei paraggi. Diamine, mi bastava pensare a lei e mi veniva duro.

«Pensavi stesse parlando di una cavalcata a cavallo, Micina?» chiese Boone dal sedile anteriore. Voltai leggermente la testa, incrociando il suo sguardo nello specchietto retrovisore, sebbene il suo si fosse abbassato sulla mia mano sulla tetta di Penelope. Riconobbi quell'espressione. La voleva. Voleva tutto quello.

Ogni volta che lei respirava, mi riempiva il palmo della mano. «Non ho mai cavalcato prima,» disse.

Sorrisi contro il suo orecchio, baciandolo. Adoravo il fatto che le confondessimo a tal punto le idee da farle dire qualcosa di così strano. «Non preoccuparti, domani andremo al ranch e ti daremo una bella cavalla docile.»

Tornai alla sua bocca e la divorai.

«Non. Stavo. Parlando. Di quello,» annaspò lei tra un bacio e l'altro.

Il furgone sterzò di colpo e Boone pestò il freno, facendo strattonare le cinture sia a me che alla Micina. Si voltò per guardarci.

«Ma che cazzo, Boone?» esclamai, lanciando un'occhiata alla Micina per assicurarmi che stesse bene.

Lui mi ignorò, il suo sguardo che scorreva famelico su di lei a partire dalle labbra gonfie e umide scendendo al punto in cui la mia mano le stava toccando il seno fino alle cosce scoperte. «Non stava parlando di quello.»

Forse era perché le avevo appena infilato la lingua in bocca o magari perché avevo la mano piena delle sue curve mozzafiato, ma il mio cervello non stava funzionando a dovere.

Tirandomi indietro, osservai lo sguardo velato della Micina. Faceva buio, ma riuscivo a vedere, grazie all'illuminazione verde proveniente dal cruscotto, che era già per metà fuori di sé dal desiderio.

«Vero?» aggiunse Boone.

Lei scosse la testa, leccandosi il labbro inferiore con la punta della lingua. C'era un profumo di fragola che mi aleggiava attorno. Shampoo? La sua bocca era dolce come quell'aroma e sapevo che la sua figa lo sarebbe stata altrettanto. Così come sarebbe stata calda e appiccicosa.

«Non gliene frega un cazzo di un cavallo,» disse Boone. «Non ha mai cavalcato un *uomo* prima d'ora. Un bel cazzo grande e duro. Quella figa non è mai stata collaudata.»

Lasciai cadere la mano, sconvolto per la sorpresa, e lei gemette. «Sei vergine?»

La guardai deglutire e annuire. «Sì.»

Chiusi gli occhi, impedendomi di vederla, bella com'era. Ero già fin troppo vicino al venire. Sapere che saremmo stati noi a deflorarla, ad allargare quella figa vergine fino a renderla in grado di prendere solamente i nostri uccelli, mi faceva pulsare il pene. Gemetti.

«Mi dispiace. Non pensavo fosse una cosa brutta,» sussurrò lei. «Forse stiamo correndo troppo.»

«Cazzo, no,» disse Boone, col suo solito tatto. «Dovremo solamente fare le cose in maniera un po' diversa. Ti prenderemo stanotte, ma dovremo fare piano. Lentamente. Anche se sono un dottore, sono abbastanza sicuro che una donna abbia bisogno di prendersela con calma dopo aver perso la verginità.»

Io aprii gli occhi, guardai il mio amico, digrignai i denti e annuii. Sì, avremmo fatto le cose diversamente. Con calma, anche se la cosa mi avrebbe ucciso, cazzo.

PENNY

«Magari non è poi così una buona idea,» dissi, rallentando il passo mentre Jamison mi teneva per mano e mi conduceva in casa.

Boone aveva parcheggiato il suo enorme pickup in un

garage a tre posti. Sebbene fosse l'unica automobile in quello spazio così grande, aveva anche un quad a tre ruote, una mountain bike e un camper espandibile. Erano tutti pulitissimi, senza nemmeno una macchia di fango o di erba. Così come il resto del garage. Sembrava che a Boone, il malato del pulito, piacesse passare il tempo libero all'aperto.

Boone premette il pulsante di chiusura della porta del garage, poi si voltò. «Non siamo come quello stronzo al bar. Non ti faremo fare nulla che tu non voglia. Non ce ne andiamo da nessuna parte. Abbiamo tutto il resto delle nostre vite per conoscerci bene.»

«Esatto,» ribattei io, strattonando la mano per liberarmi dalla presa di Jamison e incrociando le braccia. Non per assumere una posa sprezzante, ma per impedirmi di allungarle di nuovo. Mi piaceva toccarli. Mi piaceva la sensazione della mano di Jamison nella mia e sul mio seno e la *volevo* in altri posti. Mi fidavo a malapena di me stessa quando ero con loro perché mi facevano provare cose che non avevo mai provato prima. Mi era già piaciuto qualche ragazzo. Mi ero eccitata al suo pensiero. O almeno, così avevo creduto. Era stato un semplice pizzicore lieve in confronto a questo fuoco. Avevo la pelle sensibile, i capezzoli duri che bramavano di essere toccati. La mia figa... Dio, mi si contraevano i muscoli nella trepidante attesa delle loro grandi erezioni. Per la prima volta in vita mia, lo volevo. No, *ne avevo bisogno* come se ne andasse della mia sopravvivenza.

Sì, dovevamo prima parlarne perché stavo per saltar loro addosso. Arrampicarmi su di loro come su un albero e sperare che mi concedessero del sesso selvaggio come scimmie.

«Parliamone dentro,» disse Boone, aprendo la porta che dava sulla casa e aspettando che lo precedessi all'interno. Mi mise una mano in vita per guidarmi al buio e accese le luci su un salotto. Un caminetto in pietra si ergeva per due piani accanto ad una parete fatta di finestre. Potevo solamente immaginarmi la vista che offrivano. Tutto quello che riuscivo a vedere in quel momento era l'oscurità nera come l'inchiostro. Con le lampade a luce tenue accese a entrambi i lati di un divano ad angolo, mi immaginai accoccolata lì sopra in una fredda notte d'inverno con il fuoco che scoppiettava nel camino a leggere un libro. Quello spazio era fortemente maschile. Pavimenti in legno scuro e pareti bianche che davano la sensazione di un luogo rigoroso e ordinato. La sala era connessa ad una cucina open space. Armadietti in pino nodoso, granito spesso e un sacco di elettrodomestici in acciaio inox. O non cucinava, o puliva bene ogni volta che lo faceva, perché era tutto splendente. La casa era arredata in maniera semplice, ma di buon gusto.

«Non è il sesso,» dissi, lanciando un'occhiata ad entrambi. Jamison era appoggiato al muro, ad osservarmi. Come se non volesse avvicinarsi di più, come se avesse bisogno di un po' di metri di distanza per trattenersi. Non potevo non notare la forma pronunciata della sua erezione. Non gli rigonfiava i jeans come avevo visto nei film in cui si prendevano in giro le debolezze maschili. No, era come una spranga dura che gli scendeva lungo la coscia.

Ci sarebbe stato dentro di me? La figa mi pulsava, impaziente di scoprirlo.

Boone si lasciò cadere sul divano e allungò una mano facendomi cenno che avrei dovuto sedermi anch'io.

Lo feci in maniera un po' più aggraziata, assicurandomi che la minigonna non salisse troppo. Ero tutta agitata ed eccitata per via dei loro baci, per via delle carezze audaci di Jamison nel furgone. Non potevano non notare come i capezzoli mi premessero contro la camicetta, perfino attraverso il reggiseno. Non c'era nulla che potessi fare se non arrendermi al mio corpo traditore. Sapeva cosa voleva. *Loro.*

VANESSA VALE

Tutti mi consideravano intelligente, ma forse, in questo caso, mi stavo comportando da idiota. Qualunque donna in tutto il mondo avrebbe ucciso pur di avere un'opportunità di stare con due bellissimi cowboy, cowboy che mi avevano baciata fino a farmi perdere la bussola, ed io stavo *parlando*. Questo dimostrava semplicemente che fossero dei gentiluomini. Se non altro per il momento. Avevo la sensazione che una volta che ci fossimo trovati tutti nudi, si sarebbero comportati nel modo totalmente opposto. Ed era ciò che la mia figa stava sperando.

Boone si limitò ad inarcare un sopracciglio scuro, per cui io mi leccai di nuovo le labbra e proseguii.

«Siete tutti pronti a dire di voler stare con me per sempre. Ci siamo appena conosciuti. È... troppo presto. Stiamo correndo troppo.»

Jamison si scostò dal muro e venne a sedersi sull'ampio tavolino da caffè in legno di fronte a me. Mi mise le mani sulle ginocchia, ma non fece altro. La sua pelle era calda e quel semplice tocco mi diede una scossa di piacere che mi attraversò... ovunque. «Vuoi solamente una folle nottata di scopate? È questo che ti serve?»

Il suo tono era brusco quanto le sue parole.

Io scossi la testa, i capelli che mi scivolavano sulla spalla. Me li ravviai dietro l'orecchio. «No. Se così fosse, avrei potuto andarmene a letto con Patrick o con gli altri. O con chiunque al college.»

Aggiunsi quell'ultima parte, perché avevo visto come i loro sguardi si erano assottigliati, le mascelle serrate nell'accennare a Patrick che mi toccava.

«Allora, vuoi che ti scopiamo noi?» chiese Boone.

Arrossii. Riuscii a sentire il calore invadermi le guance. Il solo pensiero di fare altro con loro a parte baciarci, o che mi baciassero *altrove,* mi fece dimenare sul posto. «Sì.»

«Dunque vuoi una sveltina con noi in particolare,» aggiunse lui.

Io scossi la testa. «Sì. Voglio dire... no.» Chiusi gli occhi, traendo un respiro profondo. Confusa. Agitata.

«Cos'è che vuoi?» chiese Jamison, i pollici che si muovevano in cerchio sulle mie ginocchia, allargandole leggermente.

Era un gesto ipnotizzante. Rilassante. Che mi distraeva completamente. Chiusi gli occhi e mi limitai a percepire le sensazioni.

«Voglio più di quello. Più del sesso.»

«Ma ci conosci a malapena. Ci siamo appena incontrati,» controbatté lui. Aveva la voce bassa, piatta. Rilassante.

«Non importa,» replicai io, aprendo gli occhi per incrociare i suoi, grigi. Percepivo la folle attrazione tra di noi. La scarica elettrica nell'aria, il bisogno. «Non so spiegarlo, ma so semplicemente che vi voglio, che voglio tutto.»

Nessuno dei due disse nulla, ma sogghignarono di gusto. Mi accecavano con la loro bellezza. Avevo pensato che fossero eccitanti con quegli sguardi minacciosi, ma quello? Non avevo difese abbastanza forti per quei sorrisi maliziosi.

«Be'?» chiesi, accigliata. In attesa.

«Rifletti, Micina,» mi pungolò Jamison. «Usa quel tuo bellissimo cervellino.»

Ripensai a tutto quello che avevamo appena detto e mi resi conto che mi avevano fatto praticamente mordere la coda. Tutta la mia preoccupazione era stata per il fatto che si fossero interessati a me tanto in fretta, quando a me era successa esattamente la stessa cosa con loro. Mi l'avevano fatto ammettere. Li volevo con tanto ardore quanto loro volevano me, anche se ci eravamo appena conosciuti. Il tempo non aveva importanza, proprio come le preoccupazioni di Jamison riguardo alla differenza di età.

Non cambiava nulla. Niente aveva importanza se non lo stare con loro.

«Oh.» *Ero* un'idiota.

«Oh,» replicò Boone, scivolando sul divano per avvicinarsi, usando le dita per ravviarmi i capelli dietro la spalla, chinandosi a baciarmi sul collo.

Gemetti, mentre il desiderio che si era ridotto ad una fiammella riprendeva a divampare potente.

«Quindi, il mio parlare di volere una famiglia non vi ha spaventati? Non voglio rapporti casuali. Non sono fatta così,» sussurrai, piegando la testa di lato.

Sentii le labbra di Boone curvarsi verso l'alto in un sorriso contro il mio collo un attimo prima che facesse guizzare fuori la lingua per leccare un punto che non avevo idea fosse così sensibile.

«Siamo qui, no?» chiese Jamison, facendo scorrere le mani verso l'interno delle mie cosce. Aveva le dita a pochi centimetri dalle mie mutandine.

«Ci vuoi entrambi? Due uomini. Non solo stanotte. Non per una cavalcata selvaggia. Per qualcosa di più,» disse Boone.

Io annuii e la sua mano mi si chiuse sulla nuca, voltandomi così da potermi baciare. Non c'era più alcuna gentilezza, ormai. La sua bocca si aprì sulla mia, la sua lingua mi chiese immediatamente accesso. Non potevo negarglielo. Non volevo.

«Dillo, Micina,» mi incitò Jamison, ritirando le mani. «Perché non ti scoperemo, né ci prenderemo la tua verginità a meno che tu non lo faccia. Si tratta di molto più di una notte.»

Io aprii gli occhi, lo guardai, mi dimenai, mentre Boone mi mordicchiava alla base del collo. Aveva le guance arrossate, le labbra tese in una linea sottile. Si stava trattenendo con tutte le sue forze e sapevo che tutto quel desiderio, tutta quella virilità che stava tenendo a freno erano tutti per me.

«Dio, è una follia, però sì, vi voglio entrambi. Per più di una notte. Per... tutto.»

Era vero. Volevo tutto. La speranza che quei due mi instillavano, assieme alla voglia, era inebriante. Avrei dovuto fuggire a gambe levate. Gli uomini volevano solo infilarsi tra le nostre gambe per una notte, nulla più. Conoscevo ragazzi che avrebbero detto di tutto pur di fare sesso. Avrebbero promesso cose che avrebbero poi ritrattato l'indomani mattina. Per andarsene. Ma sapevo, nel profondo, che Jamison e Boone non erano così.

Tecnicamente, io ero il capo di Jamison. Anche Kady. Avrebbe rinunciato a molto per una semplice scopata. C'erano state così tante donne sexy e vogliose allo Sperone di Seta che si sarebbero accontentate di una svergina e nulla più. Barlow era un paesino piccolo. Se si fosse scoperto che Boone voleva solamente un flirt, non sarebbe stato in grado di nascondersi da me. Ero certa che non avesse intenzione di trasferirsi, non dal momento che era il dottore del paese. Loro lo volevano tanto quanto me. *Sentivano* il legame che avevamo.

«Allora, è arrivato il momento di farre irruzione in quella figa, Micina.» Jamison mi rimise le mani sulle ginocchia e me le fece di nuovo scorrere sull'interno coscia, allargandomi le gambe più di prima. «Ti sei bagnata per noi?»

7

℘ENNY

E quelle parole mi fecero bagnare le mutandine e mi fecero rendere conto che avrei analizzato ciò che c'era tra di noi più tardi. Molto, molto più tardi.

La sensazione delle attenzioni di Boone sul mio collo e la posizione delle dita di Jamison su di me mi avevano fatto andare in tilt il cervello. Riuscivo solamente a sentire, a percepire.

«Sei nervosa?» chiese Boone.

Riaprii gli occhi un'altra volta, voltando la testa. Era ancora accanto a me, ma adesso c'erano diversi centimetri a dividerci. Mi accigliai. «No.»

«Sei già stata baciata?»

«Sì.»

«Sei mai stata toccata da un uomo, così?» chiese Jamison, le dita che si avvicinavano un po' di più alla mia passera, ed io strinsi le gambe.

Si ritrasse del tutto, malinterpretando la mia azione come disinteresse quando, in realtà, avevo desiderato intrappolarlo lì dov'era.

«No,» dissi. Mi alzai, costringendo Jamison a scivolare all'indietro sul tavolino da caffè per farmi spazio. Trassi un respiro profondo. Lo lasciai andare. Praticamente sbattei uno stivale a terra. «Eravate tutti eccitati all'idea di avermi prima di scoprire che sono vergine. Ora è come se pensaste che possa rompermi o scoppiare in lacrime o qualcosa del genere. L'unica differenza tra di noi è che io non ho mai fatto questa cosa. Voi avete esperienza. Non sono affatto meno impaziente di voi e se vedeste in che stato sono ridotte le mie mutande, lo capireste. Non andrò in frantumi.»

«La Micina ha gli artigli,» commentò Boone, un angolo della bocca curvato verso l'alto. «D'accordo, un'ultima domanda.»

Inarcai un sopracciglio, in attesa.

«Se nessun uomo ti ha mai toccata, allora ti sei mai fatta venire da sola?»

Mi sentii le guance in fiamme, ma sapevo di non poter fare la verginella con loro proprio in quel momento. No, li volevo, *lo* volevo. «Sì.»

La mano di Jamison corse all'erezione che aveva costretta nei jeans e si agitò un po' sul tavolino. Non doveva essere comodo.

«Facci vedere,» disse Boone.

Li guardai entrambi e loro si limitarono a guardare me. In attesa. Se dovevo farlo, dovevo rimboccarmi le maniche e darmi da fare. Non che quelle maniche mi sarebbero state addosso ancora per molto, pensavo.

Dentro di me, sorrisi e tornai a sedermi sul divano, appoggiandomi allo schienale e allargando le gambe. Era proprio come nel mio letto al buio. Da sola. Già, col cavolo. C'erano le luci accese e avevo due uomini virili che osservavano il percorso della mia mano, mentre la facevo scivolare sulla pancia e sopra la gonna di jeans. Il loro respiro profondo era l'unico rumore che si sentiva nella stanza. Il loro sguardo mi scaldava in modi in cui un fuoco divampante nel caminetto non sarebbe mai riuscito a fare.

Allargando leggermente le gambe, la gonna si sollevò un po'.

Jamison si picchiettò le ginocchia. «Appoggia qui i piedi.»

Ne sollevai uno, posandoglielo sul ginocchio destro. Lui mi prese lo stivale, lo sfilò e lo fece cadere a terra con un tonfo. Mi tolse la calza al ginocchio color crema e lasciò cadere anche quella. Sollevai l'altro piede e lui fece lo stesso, poi se li posò entrambi, scalzi, sulle ginocchia.

Lentamente, allargò le gambe, cosa che fece allontanare sempre di più i miei piedi, e la gonna di jeans mi salì fino ad arricciarmisi attorno ai fianchi. Un'azione decisamente deliberata che fu sexy e vergognosa, ed io la adorai. Mi morsi un labbro per reprimere un gemito e li guardai osservarmi. Le mie mutandine, nello specifico, come se fossero la cosa più sexy che avessero mai visto.

«Sei bagnata,» constatò Jamison, lo sguardo fisso tra le mie gambe. L'accenno scuro di barba sulla sua mandibola catturava la luce ed io non potei non notare una sfumatura rossa. «Così bagnata che il pizzo ti si è incollato alla figa.»

«Toglitele,» disse Boone. Dovetti chiedermi se fosse lo stesso tono di voce autorevole che utilizzava in pronto soccorso quando necessario. Quel suono cupo era delizioso e mi andava a toccare dei tasti eccitanti che nemmeno sapevo di avere. C'era chi avrebbe detto che fossi un tipo sottomesso dal momento che mi infilai i pollici nell'elastico delle mutandine e feci esattamente ciò che mi aveva detto.

Sollevai i fianchi e me le feci scorrere fino alle ginocchia, dove Jamison le prese sfilandomele per il resto delle gambe. Invece di farle cadere a terra come aveva fatto con i miei stivali e le calze, infilò il tanga striminzito nel taschino della camicia.

Mi morsi un labbro mentre loro continuavano a fissarmi, questa volta la mia figa scoperta. Nessun uomo l'aveva mai vista prima e mi sentivo esposta e... nervosa. Ce l'avevo normale? Invitante?

«Sei così bella,» disse Boone, gli occhi socchiusi in quella che avrei pensato fosse rabbia, ma in realtà era solamente eccitato. Incredibilmente eccitato. Serrò la mascella e sembrò dovesse concentrarsi per rilassarsi. «Ovunque.»

«Toccati quella bella figa,» aggiunse Jamison.

Grazie a quegli sguardi infuocati, mi sentivo bella, mi sentivo desiderata. Sentire di avere un certo potere su di loro era inebriante. Mi misi una mano tra le gambe e mi scoprii più bagnata di quanto non fossi mai stata in passato. Spostai le dita direttamente sul mio clitoride, che era duro e quasi pulsava. Chiusi gli occhi quando lo sentii, e sapere che loro mi stavano guardando mi fece sentire audace.

Annaspai e spalancai gli occhi quando venni toccata, appena sotto le mie dita. Boone si era chinato in avanti e mi aveva posato un dito addosso. Con l'altra mano, sollevò la mia, se la portò alla bocca e mi leccò la punta delle dita, pulendole.

La sensazione della sua lingua che ci passava sopra come se si trattasse di un cono gelato, sapere che stava assaggiando la mia eccitazione, mi fece spalancare la bocca, sorpresa. Era una cosa così carnale, specialmente il modo in cui il suo sguardo fissava il mio. Come se avesse intenzione di divorare ogni centimetro del mio corpo e stesse cominciando dalle dita.

«Dolce,» mormorò.

Jamison ringhiò mentre mi afferrava da dietro le ginocchia e si buttava a terra tra le mie cosce. «Voglio un assaggio.»

VANESSA VALE

Non ebbi nemmeno l'opportunità di pensare ad altro che alla sensazione dei miei polpacci sulle sue spalle, quando lui posò la bocca su di me. Proprio là.

«Oddio!» gridai, i fianchi che scattavano verso l'alto di loro spontanea volontà. La sua bocca mi scivolò addosso, dall'alto verso il basso e viceversa, leccandomi là dov'ero bagnata, esplorando ogni centimetro. Inizialmente, lo fece a lingua piatta, poi la irrigidì, girandola e facendola passare sul lato sinistro e sensibile del mio clitoride. Percepivo lo sfregamento della sua barba sull'interno coscia, il che aggiunse un'altra sensazione a quel turbine.

Lui si ritrasse, leccandosi le labbra. «Così fottutamente dolce. Appiccicosa, come il miele.» Con una mano sotto la mia coscia, che mi teneva ben allargata per lui, mi fece scivolare addosso le altre dita, girando in cerchio attorno alla mia apertura.

«Non ti ha mai toccata nessuno qui?»

Vidi il suo dito girarmi attorno alla pelle rosea, riuscivo a sentire il suono di quanto fossi davvero bagnata già solo per quel piccolo movimento. Era così carnale, quella vista. Il suo dito rozzo... lì. Non mi facevo la ceretta come alcune delle donne che conoscevo. Mi depilavo, mantenevo tutto in ordine e spuntato, ma non avevo mai pensato a cosa potesse piacere ad un uomo.

«No.» Quando scossi la testa, i capelli mi scivolarono sui cuscini morbidi. Ero a un passo dal venire, solo per le leccatine stuzzicanti che mi aveva dato. Non era bastato. Mi serviva di più. Sollevando una mano, gliela passai tra i capelli corti, attirandolo più vicino.

«Bene.» Mi fece girare le dita attorno all'apertura ancora una volta, poi si tuffò dentro. Assottigliò gli occhi e lo sentii gemere, un profondo verso gutturale che gli proveniva dal petto. «Guarda come ti prendi il mio dito. Ecco. Sei così fottutamente stretta. Avida, anche. Esatto, mi afferri e mi trascini dentro. Immagina come sarà con un bel cazzo grande.»

Continuò a parlarmi, a dirmi cose sporche, mentre mi scopava delicatamente con il dito. I miei fianchi presero a muoversi, come se in qualche modo il mio corpo avesse saputo come farlo andare più veloce, più a fondo. Sul punto giusto.

Boone appoggiò un avambraccio sullo schienale del divano sopra di me, si chinò in avanti e mi mise una mano sul basso ventre. Il jeans e la mia camicia impedivano il contatto pelle a pelle, se non altro fino a quando lui non vi si insinuò sotto e il suo pollice non arrivò fino al mio clitoride. Adesso entrambi mi stavano toccando, lavorando la mia figa in tandem.

Mi stavano entrambi osservando da vicino, studiando le mie reazioni e sembrando adattare i loro piccoli movimenti di conseguenza. Io non riuscivo a stare ferma, con i fianchi che si alzavano e si dimenavano, mentre ero sempre più sul punto di venire. Sapevo cosa volevo, un orgasmo. E Jamison e Boone me ne avrebbero dato uno. Uno grosso, esplosivo, sconvolgente, folle che avrebbe rovinato la piazza alla mia mano, al mio vibratore e a qualsiasi altro uomo.

Mi morsi un labbro.

«Vogliamo sentirti, Micina,» disse Jamison estraendo il dito, ed io gemetti, ma lui ne aggiunse un secondo, facendoli entrare con cautela entrambi.

Ero così stretta e le sue dita mi tiravano la pelle. Sapevo che lo stava facendo per prepararmi a ciò che sarebbe arrivato dopo... i loro uccelli.

«Sì!» gridai, quando arricciò quelle dita nel modo giusto e i miei fianchi si impennarono. Fu come se avessi avuto una specie di pulsante dentro di me che mi fece partire l'orgasmo. Con il pollice di Boone la combinazione fu semplicemente... fantastica.

Spinsi la testa contro il cuscino del divano, mi irrigidii, con le cosce che premettero contro le spalle di Jamison. Non rimasi in silenzio, mentre l'orgasmo più incredibile della mia vita mi investiva...ancora. E *ancora*.

Nessuno dei due si fermò e andò avanti per secoli. Alla fine, ritrovai fiato e mi accasciai sul divano. Sudata, sazia e con un sorriso sulle labbra che non riuscii a fermare. *Ecco* cosa mi ero persa.

«Bellissima,» mormorò Boone. Io aprii gli occhi e li beccai entrambi a leccarsi le dita per ripulirle. Di certo, a loro piaceva assaggiarmi. «Ora ti abbiamo ammorbidita e rilassata per bene per i nostri uccelli.»

Jamison si tolse le mie gambe dalle spalle e riprese posto sul tavolino da caffè. Mi aiutò a mettermi in piedi direttamente davanti a lui, la mia gonna ancora sollevata attorno alla vita.

«Pronta ad avere di più?» mi chiese, il suo sguardo infuocato che mi scorreva addosso. Ero certa di avere un aspetto stravolto e ben soddisfatto.

Probabilmente avevo i capelli scompigliati, le guance rosse ed ero audacemente nuda dalla vita in giù. E non mi importava.

«Oh sì,» risposi, senza perdere il sorriso che avevo stampato in volto. Avevo la sensazione che non me lo sarei levato per un bel po'.

Jamison sogghignò, mentre le sue dita correvano al bottone della mia gonna per poi sfilarmi l'indumento dalle gambe. Io ero impaziente, non vedevo l'ora di ottenere altro. L'orgasmo creava dipendenza, come un tiro di una droga potente. Conoscevo tutti i termini scientifici che si celavano dietro al *motivo* per cui mi sentivo bene, ma cosa importava? A me no di certo. Tutto ciò che sapevo era che volevo un altro orgasmo indotto da Boone e Jamison. Subito.

Mi slacciai i bottoni della camicetta con dita sicure,

togliendomela, poi allungai le mani dietro di me, sganciando il reggiseno e lasciando cadere anche quello a terra.

Mi trovavo di fronte a loro, nuda. Scoperta. Vulnerabile. Eppure *decisamente* eccitata.

Ma il modo in cui mi guardavano, il modo in cui le loro mani si sollevarono ad accarezzarmi con delicatezza la pelle nuda mi fece anche sentire... bella.

«Guardati,» disse Boone, accarezzandomi un fianco con le nocche, passando sulla curva piena del mio sedere. Era così grande, così... robusto, eppure sentivo che mi ritenevano preziosa, non mi sentivo vulnerabile come mi era successo con quello stronzo al bar. «Così fottutamente bella.»

E non mi sentivo una scopata facile. Potevo anche conoscerli da un periodo di tempo oscenamente breve e ora mi trovavo nuda di fronte a loro – e ben soddisfatta da un orgasmo che mi avevano spremuto con facilità – ma ciò che stavamo facendo era speciale. Importante.

«Sono bassa.»

«Un piccolo pacchettino bellissimo,» controbattè Jamison.

«Formosa.»

«Fottutamente perfetta,» aggiunse Boone. Mi voltò verso di sé, prendendomi i seni tra le mani.

«Sono grandi.» Stavo dando voce a tutti i miei complessi. La mia quarta abbondante era sproporzionatamente grande per la mia altezza. Non andavo mai a correre senza un doppio reggiseno sportivo... e solamente se inseguita da un serial killer.

Mi fece scorrere i pollici avanti e indietro sui capezzoli, guardandoli mentre si indurivano. Quella mossa fu bellissima, come se ci fosse stata una connessione diretta tra ciò che stava facendo lui e il mio clitoride. Mi guardava quasi in venerazione. «Io adoro i seni, Micina.»

Jamison mi diede una pacca sul sedere ed io sussultai,

premendomi contro le mani di Boone. «E io adoro i culi,» commentò Jamison mentre mi massaggiava la pelle infiammata. «Ti è piaciuto, vero?»

Non risposi perché mi resi conto che sì, mi era piaciuto. Sebbene quella leggera sculacciata fosse arrivata di sorpresa, il bruciore si dissolse in calore ed io mi sentii bagnare ulteriormente... se mai fosse stato possibile. Lui me ne diede un'altra, incitandomi a rispondere.

«Sì,» annaspai. «Sono grande anche in altri punti,» ammisi, e per una volta fui grata del fatto che la mia pelle pallida fosse già arrossata. Mi morsi un labbro, rendendomi conto che forse non avrei dovuto far notare anche quel difetto.

Jamison inarcò un sopracciglio.

Mi abbassai una mano tra le cosce, sentendo quanto fossi gonfia. Quanto fossi bagnata. Quanto fossi sensibile. «Qui. Le mie... labbra qui sono grandi.»

Boone rilasciò un respiro. «Più parte di te ad avvolgerci l'uccello.» Quando non risposi, proseguì. «Sono un dottore e questa è la mia opinione da esperto.»

Non potei evitare di sorridere, sentendo i miei problemi irrazionali svanire.

«Mi piace riuscire a vederti il clitoride da qui, tutto rosa e duro per noi,» aggiunse Jamison. «E per quanto riguarda l'essere grande? Ho appena avuto un incontro ravvicinato, nonché un'occhiata di persona alla tua figa, l'ho perfino assaggiata, Micina, e non è altro che perfetta.»

Non sembravano turbati da nessuno dei miei complessi. Be', erano *turbati*, ma tutti quelli che io consideravo dei difetti personali loro li trovavano invitanti.

«Oh, Micina, cosa non ti faremo,» disse Boone, prima di gettarmi in spalla e portarmi al piano di sopra per farmi cadere su un letto morbido. «Quell'orgasmo era solamente un riscaldamento. Prima ancora che avremo finito con te, non ti ricorderai nemmeno il tuo nome.»

Se ne stavano in piedi al fondo del letto, a guardarmi con occhi assottigliati e sguardo infuocato. Non potei non notare il profilo spesso delle loro erezioni nei jeans. Si erano concentrati solamente su di me, tenendo a bada le proprie necessità. Mi piacevano così, ma dovetti immaginarmi come sarebbero stati una volta dato sfogo ai loro bisogni. Non volevo che fossero prudenti con me. Le sculacciate di Jamison erano state scherzose, le loro carezze delicate. Era un lato di loro che mi piaceva, ma volevo di più. Volevo il lato selvaggio. Quello violento. Quello oscuro.

«Promesse, promesse,» risposi maliziosa, appoggiando i piedi sul letto e allargando le ginocchia.

Si portarono le mani ai pantaloni, calandoseli sulle cosce quel poco che bastava per liberare le erezioni. Oh, merda. Adesso sapevo perché il pene di Jamison sembrava una spranga di ferro contro la sua coscia, e quello di Boone non era da meno. Spessi e lunghi, la pelle dei loro uccelli era più scura, più arrossata del resto del corpo. Una vena spessa correva lungo l'interno del pene di Jamison e quello di Boone aveva la punta larga, con una goccia di liquido perlato che vi scendeva sopra. Entrambi puntavano in alto contro il loro ventre.

La mia figa si serrò al pensiero di venire aperta da degli uccelli così enormi. Le dita di Jamison erano state belle, ma quelle... quelle clave? Avevo cominciato a richiudere le gambe, mentre iniziavo ad avere dei ripensamenti sulla mia battutina, quando loro partirono alla carica.

8

$\mathcal{B}$OONE

Ero un medico. Avevo già visto delle donne nude. Non ero nemmeno un monaco. Ne avevo scopate un po' quando avevo vent'anni, per poi farmi più selettivo a trenta. Ma nessuna reggeva il confronto con Penny. Per. La. Miseria.

Lei era dolce. Intelligente. Un po' sfacciata. Coraggiosa. Passionale. E quando apriva quelle cosce morbide come seta, aveva anche un bel tocco di malizia. Il tutto in un pacco ancora da scartare.

Cazzo, avevo i testicoli pronti a venire. Riuscivo a sentirne la necessità premermi alla base della colonna vertebrale, quel formicolio, l'impulso di affondare semplicemente dentro di lei per poi esplodere. E l'avevo solamente palpata un po', niente di più. A sedici anni, avevo messo le mani sul mio primo paio di tette e avevo fatto proprio così, combinando un casino nelle mutande e facendo la figura dell'idiota. Adesso avevo un po' più di autocontrollo... speravo.

Se lei avesse voluto darci dentro, l'avremmo accontentata, ma per quella prima volta, l'avremmo presa nel modo che si meritava. Ci stava facendo un cazzo di regalo.

Cominciai a togliermi i vestiti, sfilando gli stivali con i piedi mentre mi sbottonavo la camicia. Sprecai cinque secondi a denudarmi, ma tenni lo sguardo fisso sulla Micina per tutto il tempo, esaminando ogni centimetro di lei sdraiata sul mio letto. Si trovava proprio dove avevo sognato... dove avevo sperato di vederla sin dal primo istante in cui avevo posato gli occhi su di lei. I capelli chiari erano aperti a ventaglio sotto la sua nuca, lo sguardo spalancato e ansioso mentre ci guardava spogliarci. Le curve perfette del suo seno erano sormontate da capezzoli di un rosa chiaro, già induriti. La conca del suo ventre scendeva morbida, i fianchi larghi, le gambe sode. E tra di esse? La figa più perfetta che avessi mai visto. Era bionda naturale e i peli chiari non riuscivano a nascondere le labbra rosee, tutte gonfie e bagnate.

Jamison ne aveva avuto un piccolo assaggio. Mi leccai le labbra, pronto per il mio turno.

«Dobbiamo assicurarci che tu sia pronta, ben rilassata, che la tua figa sia elastica e bagnata, pronta per i nostri uccelli,» le dissi, vedendo Jamison annuire mentre si toglieva la camicia molto più lentamente di me.

Lei si agitò sul letto, facendo scivolare i piedi sulle lenzuola. «Sono pronta. Davvero.»

Lentamente, io scossi la testa. «Non ancora.»

Allungai le mani, le afferrai entrambe le caviglie e la trascinai fino al bordo del letto. Lei squittì sorpresa, poi si sollevò sui gomiti per guardarmi. Mi inginocchiai sulla moquette morbida e le posai le mani sulle cosce più fottutamente morbide che avessi mai toccato, tenendogliele allargate, mentre le mettevo la bocca tra le gambe. Trassi un respiro profondo, inalando il suo profumo. Sentii il suo dolce miele caldo bagnarmi la lingua, le labbra e perfino i baffi.

Gemetti.

Lei mugolò, stringendo le lenzuola tra le dita.

«Ha un sapore fottutamente buonissimo, non è vero?» chiese Jamison.

Seguì il rumore dei suoi stivali che toccavano terra uno dopo l'altro, ma non risposi, troppo impegnato a succhiarle le labbra gonfie, facendo passare la lingua sul suo clitoride. Non ottenni altro che le sue mani tra i miei capelli, a strattonarli. Lei chiuse gli occhi e ricadde di schiena sul letto.

«Sono pronta. Sono pronta,» continuò a ripetere, mentre io la portavo al limite. Non avevo intenzione di spingerla oltre. Sapevo che ci sarei riuscito, ma era quello il vantaggio di essere più anziano e più esperto. L'avrei portata dritta al limite e ce l'avrei lasciata in modo che quando Jamison l'avesse penetrata riempiendola per la prima volta, lei sarebbe venuta invece di provare dolore.

Feci attenzione con lei, stuzzicandole quel piccolo clitoride con precisione mentre le facevo scivolare dentro un dito, cercando di abituarla ad avere qualcosa infilato tra le gambe. Era così fottutamente bagnata che ne aggiunsi un secondo, li aprii a forbice per allargare quell'apertura vergine e lei tremò e si strinse su di me con forza. Con una fottutissima forza.

«Ti prego, Boone. Ti prego, scopami.»

A quel punto ringhiai, le diedi un'ultima leccata dall'ano fino al clitoride e mi tirai indietro. Avevo liquido preseminale che mi colava ininterrottamente giù per l'erezione, bagnandomi i testicoli. Sollevando lo sguardo, vidi il modo in cui la Micina era completamente persa, arresa al desiderio, a ciò che le avevo scatenato in corpo.

Feci un cenno a Jamison mentre mi alzavo, mi spostavo

verso la testiera del letto e mi sistemavo sulla pila di cuscini, mentre lui prendeva in braccio la Micina e me la sdraiava contro così che avesse la schiena appoggiata al mio petto. Facendole passare attorno le braccia, le presi i seni tra le mani, baciandole il collo fino all'orecchio.

Mi spostai, agganciando i talloni all'interno dei suoi polpacci e allargando le nostre gambe, mentre Jamison si posizionava tra le sue cosce aperte. Si inginocchiò, accarezzandole la pelle sensibile con una mano.

«È ora, Micina. Vuoi che Jamison ti riempia? Che si prenda la tua verginità?»

«Vi prego,» piagnucolò lei. I suoi capezzoli mi premevano duri contro il palmo della mano, la sua pelle era umida di sudore, la figa gonfia e impaziente. Inalai il profumo della sua eccitazione e mi leccai le labbra per sentirne il gusto che vi era rimasto. Sentivo il suo miele appiccicoso sulla punta delle dita.

«Sei nostra, Penelope Vandervelk,» disse Jamison, la voce un basso suono gutturale, il suo desiderio così forte mentre si allineava alla sua apertura vergine.

«Nostra,» ripetei io, mentre guardavo il mio amico scivolare dentro la Micina e rivendicarla.

PENNY

Erano bravi. Davvero molto, *molto* bravi in quello che stavano facendo. Io ero talmente fuori di me dal desiderio che mentre sentivo il pene di Jamison scivolarmi dentro – come avrei potuto non notare un affare delle dimensioni di una spranga di acciaio che mi allargava sempre di più – ero troppo impaziente di accoglierlo per andare nel panico.

Volevo Jamison dentro di me. Ne avevo bisogno. Non so come, ma mi sentivo vuota senza un'erezione, il che era folle dal momento che non ne avevo mai avuta una dentro.

Mi sfuggì un lamento dalle labbra, quando lui si ritrasse per poi spingersi nuovamente in avanti, una frazione di centimetro alla volta. Mentre lui faceva ciò, Boone giocava con i miei seni, stuzzicando e strattonandomi i capezzoli, mordicchiandomi il collo e sussurrandomi lodi e oscure promesse all'orecchio.

Un pene solo poteva prendersi la mia verginità. Forse Jamison aveva vinto a un testa o croce; non ne avevo idea, ma Boone non sarebbe rimasto lì seduto in panchina a guardare. No, era attivamente coinvolto anche lui. Riuscivo a sentire la sua erezione premermi contro la schiena, sapevo che sarebbe toccato a lui dopo, ma era partecipe anche di quella prima penetrazione.

«Brava ragazza. Guarda, Micina. Guarda quella figa stretta divorare l'uccello di Jamison.»

Jamison teneva una mano sulla testiera del letto ben sopra la testa di Boone e l'altra tra le mie gambe, un dito che scivolava con prudenza attorno alla mia entrata, con quelle grandi labbra che davvero lo avvolgevano tutto.

Feci scorrere lo sguardo su quello di Jamison, che teneva le palpebre socchiuse e la mascella serrata. Il sudore gli colava lungo le tempie. Si stava trattenendo. Riuscivo a vedere i lineamenti tesi del suo corpo, percepivo le spinte caute, sapevo che non era normale, che non era ciò che gli serviva.

«Di più,» gli dissi. Sì, gli stavo donando la mia verginità, ma eravamo coinvolti entrambi. «Voglio che sia bello anche per te.»

Jamison rise, ma fu una risata strozzata. «Micina, se fosse anche solo un briciolo più bello di così, probabilmente mi verrebbe un aneurisma.»

«Allora perchè non ti muovi più forte? Più a fondo?»

Forse i suoi fianchi si mossero di loro spontanea volontà, comunque entrò di un altro centimetro, ed io percepii il bruciore e la sensazione di venire allargata, e sibilai.

«Ecco perché. Sei così stretta. Così bagnata. Sei come un pugno, una cazzo di morsa.»

Non si sarebbe mosso. In qualche modo, aveva paura di farmi del male. Nonostante il suo desiderio così disperato, stava pensando a me. Avevo già detto loro che non ero fragile. Certo, quel fastidioso imene lo era, ma non sarebbe stato quello stupido coso a decidere come sarebbe andata. L'avrei fatto io. Be', *loro*, ma in quel momento, avrei potuto assumere il controllo. Avrei potuto fare io ciò che Jamison si rifiutava di fare, anche se avrebbe quasi equivalso ad ucciderlo.

Sollevai i fianchi in un unico movimento forte, facendo scivolare Jamison fino in fondo dentro di me.

Lui gemette, spostando la mano e sbattendola sul materasso accanto al mio bacino.

Boone sussurrò, «Cazzo.»

Io gridai quando Jamison mi riempì del tutto. Avevano ragione. Ci stava. Ma i miei muscoli si contraevano in spasmi nel tentativo di adattarsi a quell'invasione.

Le mani di Boone si fecero più delicate, le sue parole rassicuranti, mentre mi permettevano di abituarmi.

«Micina,» mi rimproverò Jamison, mentre cercava di riprendere fiato.

«Ecco, fatto,» esalai io. «Ora dimostrami quanto può essere bello.»

Incrociai lo sguardo grigio di Jamison e lo sfidai. Lui sogghignò di rimando.

«Sissignora.»

A quel punto cominciò a muoversi, con spinte profonde e lente, dentro e fuori, mentre mi guardava, assicurandosi che stessi bene. A me però piaceva quel ritmo, il modo in cui ogni singola terminazione nervosa dentro di me si accendeva.

«Oddio.»

Jamison sogghignò ulteriormente. «Aspetta e vedrai.»

Lui doveva essere soddisfatto di ciò che provava, di ciò che vide sul mio volto, perché mi afferrò da sotto le ginocchia e me le sollevò per muoversi ad un'angolazione diversa.

Spalancai gli occhi, quando mi penetrò più a fondo.

«Aspetta di sentire questa figa, Boone. Così calda, così bagnata. Calza come un guanto. La sto plasmando, affinché ci stia il mio uccello. Tocca a te, dopo.»

Fu come se qualcosa si fosse spezzato e Jamison avesse rinunciato a qualunque pretesa di autocontrollo. Mi scopò forte, a fondo. Il rumore della nostra pelle che batteva l'una contro l'altra si univa ai nostri respiri mozzati.

«È ora di venire, Micina,» mi mormorò Boone all'orecchio, mentre continuava a giocare con i miei seni.

Non avevo idea di come potesse capirlo semplicemente guardandomi, ma aveva ragione. Con la scopata precisa di Jamison e le mani stuzzicanti di Boone, il piacere arrivava da ogni parte. Mi formicolavano le orecchie, mi si arricciavano le dita dei piedi. Mi pulsava la figa, tremante. Il clitoride mi faceva quasi male.

Si fuse tutto in un bagliore bianco accecante ed io venni, il mio corpo che si irrigidiva, il respiro che mi si mozzava in gola mentre vi annegavo dentro.

Nessuno dei due interruppe quello che stava facendo, mentre io venivo. E venivo. Ritrovai fiato e urlai, afferrando le cosce sode di Boone, premendo la testa contro la sua spalla.

Sentii Jamison gonfiarsi sempre di più dentro di me, prima che mi si spingesse dentro con forza una, due volte per poi gemere, un suono gutturale che gli vibrò dal profondo del petto. Le sue natiche si tesero, sode, mentre veniva. Riuscivo a sentire il calore del suo liquido che mi riempiva. Il mio orgasmo si protrasse, ma sapevo che la mia figa lo stava spremendo, prendendo fino in fondo tutto quel seme.

Jamison sollevò la testa. I suoi occhi erano velati. Non c'erano più tensione, desiderio disperato. Adesso mostravano felicità. Soddisfazione maschile. Era lo sguardo di un uomo dopo una bella scopata, di un uomo che aveva appena concluso il suo compito più elementare. Scopare, accoppiarsi, riempire una femmina col suo seme.

Si ritrasse, estraendo con attenzione il pene da dentro di me. Vidi che era ancora duro, ancora di un colore scuro e violaceo, ma adesso luccicava di entrambi i nostri liquidi. Jamison abbassò lo sguardo su di sé.

«È dannatamente eccitante,» mormorò, poi spostò gli occhi sulle mie cosce aperte. Io sentivo il fiotto caldo del suo seme scivolarmi fuori. Il suo dito mi corse delicato sulle labbra sensibili. «Anche questo.»

Il suo sguardo risalì lungo il mio corpo, arrivando ad incrociare il mio. «Ti ho presa senza nulla. Immagino tu non stia prendendo niente.»

Scossi la testa. Non avevo mai preso la pillola, perché non avevo mai avuto intenzione di andare a letto con nessuno. Sapevo che quando mi sarei concessa ad un uomo sarebbe stato Quello Giusto, che non avrei voluto avere niente a frapporsi tra di noi. Niente lattice. Nulla. Solamente pelle contro pelle.

Solo non mi ero mai immaginata che Quello Giusto sarebbero stati due.

«Non ho mai scopato senza preservativo, Micina. Sei la prima. E l'ultima. Volevi un per sempre.» Raccolse il proprio seme e me lo infilò nuovamente dentro, ed io gemetti nel sentirlo. «Non si torna indietro, adesso.»

No, non si poteva. Sentivo il suo seme. Ce n'era così tanto

e lo percepivo a fondo dentro di me. Così a fondo che avrebbe potuto darmi il per sempre che desideravo. Un figlio. Una famiglia tutta mia.

«Tocca a me, Micina,» disse Boone, spostando le mani dai miei seni ai fianchi.

Con una facilità che dimostrava quanto fosse forte, e quanto io fossi minuta, mi fece girare con un paio di semplici mosse. Mi chinai, lo baciai, sentii ogni singolo centimetro del suo corpo caldo ed eccitante premuto contro il mio.

Il bacio fu un intreccio delle nostre lingue, mentre lui mi afferrava il sedere, tenendomi premuta contro di sé.

«Vienimi sopra a cavalcioni,» mi disse quando interruppe il bacio.

Io piegai le ginocchia, le misi ai lati dei suoi fianchi e lui mi aiutò a mettermi seduta. Avevo il suo pene dritto davanti a me, che puntava in alto. Lui se ne afferrò la base con una mano, muovendola su e giù una volta. Due volte. Dalla punta fuoriuscì un'abbondante quantità di liquido preseminale.

Jamison si inginocchiò su un lato del letto, mi prese per mano e mi aiutò a mettermi in ginocchio.

«Ecco. Ora accogli Boone dentro di te. Anche lui vuole la sua parte di quella figa perfetta.»

Io spostai lo sguardo su Boone, che aveva più autocontrollo e più pazienza di chiunque avessi mai conosciuto. Ma sapevo che non sarebbe durato a lungo. Mi abbassai, spostai i fianchi finché non lo sentii contro di me, a scivolarmi facilmente sulle labbra ricoperte del seme di Jamison. Si posizionò contro la mia entrata.

«Prendimi a fondo,» mi intimò. «Questa volta dovrebbe essere facile e piacevole. Nessun dolore e in più c'è tutto quel seme a farlo scivolare senza problemi.»

Anche la forza di gravità era d'aiuto. Una volta che la punta grande mi ebbe allargata, mi abbassai su di lui in un'unica mossa fluida. Quell'angolazione era diversa. Entrò più a fondo e lo sentii colpirmi all'estremità. Mi chinai in avanti, posai le mani sulle sue spalle nude per cambiare angolazione, per alleviare quella leggera punta di dolore.

Le mani di Boone corsero ai miei fianchi e Jamison si scostò, osservandoci.

«Cazzo, sì. Adoro il fatto che non indossiamo nulla. Che ti sto prendendo al naturale, e l'unica cosa a frapporsi tra di noi è il seme di Jamison. Non preoccuparti, ti infilerò dentro anche il mio. Ti riempirò per bene.»

Rabbrividii a quelle parole sporche, alle promesse che celavano.

«Ricordi quella cavalcata selvaggia che ti abbiamo promesso? Goditela.»

Boone mi sollevò, poi mi fece abbassare di nuovo, mostrandomi che sensazione fosse, che cosa dovessi fare, ma imparai subito. Non era Boone a scoparmi, ma il contrario. Io lo stavo cavalcando, sfruttando il suo pene per darmi piacere. In quella posizione, però, potevo sfregarmi il clitoride, ondeggiare i fianchi fino a portarmi al limite dell'orgasmo nel giro di pochissimi secondi.

«Wow. Ok, um... dovrei venire di nuovo?» chiesi, come se non fosse previsto che mi divertissi tanto.

Boone sogghignò. «Sarà meglio, cazzo.»

Non potei fare a meno di sorridere di fronte a quella minaccia e lo cavalcai con gusto. Stavo ansimando, con gli occhi chiusi, i capelli gettati sulla schiena, mentre mi perdevo nel piacere. «Ci sono quasi. Non riesco... Ho bisogno-»

Prima che riuscissi a dire a Boone di cosa avessi bisogno, lui ci fece girare così da mettersi sopra di me, con la mia testa sul suo cuscino mentre assumeva il controllo. Prendendomi per le caviglie, me le sollevò posandosele sulle spalle. Mi scopò con forza. Si chinò così da piegarmi quasi a metà. Mi fece scivolare una mano sul clitoride per poi spostarla sulle mie natiche ed io mi irrigidii, contraendo i muscoli. Venni.

«Oh, mio Dio!» urlai. La più leggera delle carezze del suo dito sul mio ano mi aveva in qualche modo spinta oltre il limite ed io mi ero lasciata andare. Non ero riuscita a restare in silenzio, e non potei fare altro che arrendermi all'orgasmo, a qualunque cosa Boone volesse farmi. Non mi importava cosa fosse. Ero troppo fuori di me per imbarazzarmi, preoccuparmi o vergognarmi.

Quando finalmente ripresi fiato, ero sudata e disfatta. Boone era ancora spesso e duro dentro di me, quando si tirò fuori. Annaspai nel sentirmi vuota, ma lui mi fece girare di nuovo. Non era venuto e sembrava ben lungi dall'aver terminato. «Tieniti alla testiera.»

Con mani tremanti, feci come mi aveva detto, dopodiché mi fece passare un braccio attorno alla vita. Lo sentii chiaramente contro la mia apertura un attimo prima che mi si infilasse nuovamente dentro.

«Oh!» esclamai.

Posò le mani sulle mie e percepii i peli sottili del suo petto solleticarmi la schiena, mentre mi baciava il collo e mi mordicchiava un orecchio. «Tocca a me cavalcarti come si deve.»

E lo fece, scopandomi come uno stallone che si scopa una cavalla. Con forza, a fondo, carne contro carne. Pelle sudata contro pelle sudata. Gemiti e ansiti a riempire la stanza.

Ad un certo punto venni di nuovo, ma ero troppo fuori di me per fare qualcosa di più che emettere un semplice gemito e stringermi attorno al suo uccello.

Boone venne... finalmente, con un grido e una spinta profonda, il suo pene infilato così a fondo dentro di me che non ero sicura di dove finisse lui e iniziassi io.

Delle dita sciolsero le mie dalla presa sulla testiera e venni fatta coricare sul materasso morbido. Il corpo di Boone premeva contro il mio da dietro, il suo pene ancora dentro di me. Sentivo la carezza delicata di una mano scostarmi i capelli dal viso sudato.

«Dormi, Micina. Ne avrai bisogno.»

E così feci. E Boone aveva ragione. Ne avevo bisogno, perché mi svegliai con lui che mi scopava a cucchiaio da dietro per poi portarmi in doccia, in modo che Jamison potesse insaponarmi tutta, inginocchiarsi a terra e lavarmi la figa con la bocca. Prima dell'alba, Jamison mi fece stendere sulla schiena per poi scoparmi lentamente e a fondo. Dopodiché non mi ricordai di nulla se non della sensazione umida del loro sperma che mi ricopriva le cosce e il dolce bruciore dell'essere stata scopata così bene. Il contatto coi corpi degli uomini, mentre mi tenevano stretta a loro.

9

PENNY

«Questa dev'essere Kady con i suoi uomini,» disse Jamison quando suonarono alla porta.

«Cosa?» strillai.

Eravamo spaparanzati sull'enorme divano di Boone; io avevo la testa in grembo a lui e i piedi sulle cosce di Jamison. Stavamo guardando una serie sulla tv satellitare ed eravamo arrivati solamente al secondo episodio. Dire che fossi stanca – e un po' indolenzita – sarebbe stato un eufemismo e il fatto che me ne stessi a far nulla a metà pomeriggio ne era la prova.

«Adesso? Qui?» Mi girai di scatto mettendomi tra il divano e il tavolino da caffè, andando nel panico. Non avevo idea di cosa fare. Boone grugnì, quando mi sollevai da lui puntandogli un gomito nello stomaco, e Jamison deviò un calcio nei testicoli.

«Sono tornati questa mattina dal loro viaggio e sono andati al ranch. Riley ha chiamato prima chiedendo dove fossi.»

Mi misi le mani sui fianchi, assottigliando lo sguardo. «Perché non me l'hai detto?»

Era mia *sorella*. Be', sorellastra, ma ad ogni modo... Non avevo nemmeno avuto idea della sua esistenza fino a un paio di settimane prima. E adesso stava suonando alla porta di Boone perché voleva conoscermi. Oh. Mio. Dio.

«Perché, Micina,» esordì Jamison, interrompendo i miei pensieri irrazionali. «Tu e Boone eravate in doccia e riuscivo a sentirvi dalla cucina.»

Non potei fare a meno di arrossire, ricordandomi esattamente cosa mi avesse fatto Boone, quando si era messo in ginocchio e mi aveva sollevato un piede sulla seduta della doccia. Mi si erano contratti subito i muscoli della figa sotto le sue meticolose attenzioni nel pulirmi per bene... con la bocca. Sembrava che a entrambi piacesse giocare nella doccia.

Il campanello suonò di nuovo. Io voltai di scatto la testa in direzione della porta d'ingresso.

«E se mi detestasse?» Trassi un respiro profondo e lo lasciai andare, cercando di placare il mio cuore impazzito. Mi stava praticamente uscendo dal petto. «O peggio, se fosse una gran stronza?» Sussurrai quell'ultimo pensiero, preoccupata che potesse sentirmi a due stanze di distanza attraverso una porta massiccia.

Entrambi gli uomini sorrisero e cominciarono a ridere, ma quando io assottigliai lo sguardo e lanciai loro un'occhiata omicida, si trattennero.

«Micina, Kady non è una stronza,» disse Jamison con voce rassicurante. «Andrete più che d'accordo... se solo aprissi la porta.»

«Cosa, conciata così?» chiesi, allargando le braccia per indicare il fatto che avessi indosso solamente una delle camicie di flanella di Boone e le mie calze al ginocchio. Il bordo della camicia mi arrivava parecchi centimetri più in basso della mia gonna di jeans della sera prima, sfiorandomi le ginocchia. Avevo arrotolato le maniche facendovi fare tre giri. Praticamente sembrava un muumuu, addosso a me.

«Non penso le importerà di cosa indossi.»

Qualcuno bussò con forza alla porta prendendo poi a gridare. «Boone, apri questa porta! So che mia sorella si trova qui. Voglio conoscerla. SUBITO!»

Spalancai la bocca e mi immobilizzai. Quella era la sua voce. Mia sorella. Era infuriata.

Boone si alzò e indicò verso l'ingresso. «Non si scherza con quella lì. Ha insegnato ai bambini di terza elementare, mi pare.»

«Seconda,» lo corresse Jamison. «Sebbene insegni alle medie qui a Barlow.»

«Ancora peggio, quei mocciosetti.» Fece l'occhiolino e si diresse alla porta.

Rendendomi conto che sarebbe stato lui ad aprire e non io, scavalcai il tavolino da caffè con un salto e feci uno scatto, spintonando praticamente Boone via di mezzo per arrivare prima di lui.

Spalancai la porta, facendola sbattere sui cardini, mentre io me ne restavo lì in piedi a fissare. E a fissare. Sapevo che c'erano due uomini alle sue spalle. Riuscivo a vederli, ma non li calcolai. Se un giudice mi avesse chiesto che aspetto avessero, non sarei stata in grado di fornire una descrizione. Vedevo solamente mia sorella.

«Non mi somigli affatto,» dissi, il tono di voce carico di sorpresa e stupore mentre la osservavo.

Era più alta di almeno quindici centimetri, aveva i capelli di un rosso acceso e la pelle color pesca. Indossava un

grado prendisole verde e sandali col tacco. Era...
adorabile.

«Ho sempre voluto i capelli biondi,» replicò lei.

Mi strinse in un forte abbraccio prima ancora che me ne
rendessi conto e mi ci volle un istante per sollevare le braccia
e ricambiare la stretta. Profumava di una fragranza leggera,
un qualcosa di floreale con un accenno di limone.

Ora notai i due uomini alle sue spalle. Uno era enorme.
Gigantesco come un difensore di football. Dovetti chiedermi
se mangiasse polli interi o piccoli villaggi Africani per cena.
L'altro tipo era altrettanto alto, ma con una corporatura più
nella media. Se non altro per gli standard del Montana. Le
uniche due taglie di uomini da quelle parti erano Grande e
Più Grande.

Avevano gli occhi puntati sulla nuca di Kady e gli sguardi
sui loro volti marcati si addolcirono con un'emozione simile
alla venerazione. *Amore.* Ecco cos'era. Kady era felice, per cui
loro erano felici.

Ma Kady era felice? Stava piangendo, riuscivo a sentire il
suo corpo tremare.

«Ehi,» dissi, ritraendomi e posandole le mani sulle
braccia così da poterla guardare negli occhi. «Perché stai
piangendo?»

Io non ero una dalla lacrima facile e non mi emozionavo
con tanta leggerezza. Forse era nella mia natura, o magari era
perché avevo imparato a zittire le emozioni altrimenti sarei
stata un rottame.

Lei rise, asciugandosi gli occhi con il dorso delle mani.
«Nel caso non l'avessi notato, sono una tipa molto frivola.
Sono fatta così.»

Pensavo di essere sofisticata, con mia madre che mi aveva
inculcato orgoglio per il mio aspetto sin da quando ero stata
abbastanza grande da sapermi allacciare le scarpe da sola. Ma
essendo una scienziata, specialmente una del settore gas e

petrolio, sapevo come sporcarmi, ero abituata a indossare jeans zuppi di fango e stivali di gomma. E adesso mi trovavo di fronte a lei con indosso solamente una camicia e delle calze al ginocchio. Non mi ero mai fatta il balsamo nella doccia e avevo i capelli tutti scompigliati. Sembravo... reduce da una bella scopata. Ben lungi da un aspetto dignitoso per accogliere degli ospiti.

Ma Kady? Lei era tutta bei riccioli e unghie dei piedi smaltate di un rosa Barbie.

«Ti stavo aspettando,» disse lei, tirando su col naso e sorridendo. «Dio, ero bloccata qua nel Montana con uno manipolo di uomini.»

«Dolcezza, non ti stavi lamentando ieri sera, bloccata tra *due* uomini,» disse uno di loro.

Kady arrossì mentre roteava gli occhi. Si voltò, allungando un braccio. «Loro sono Cord e Riley. I miei uomini.»

«Signora,» disse quello più grande, lanciando un'occhiata al mio abbigliamento, ma senza commentarlo.

«È bello poter finalmente dare un volto a tutte quelle scartoffie,» aggiunse l'altro con un sorriso. Riley Townsend. L'avvocato.

«Facciamoli entrare, Micina,» mormorò Boone alle mie spalle.

Io feci un passo indietro e Boone li condusse in salotto. Jamison strinse le mani agli altri uomini. Lanciò un'occhiata a me, poi a Kady. «Boone ha un camper nuovo. L'avete già visto?»

«Io ho sentito parlare del quad,» disse Cord, sfregandosi le mani.

Boone piegò la testa di lato. «Ve li mostrerò entrambi, così lasciamo un po' di tempo alle ragazze per conoscersi.»

Ci fece l'occhiolino, poi condusse gli altri attraverso la

cucina fino al garage. Quando la porta si chiuse, Kady si voltò di scatto verso di me prendendomi le mani.

«Parla.»

Io mi accigliai. «Di cosa, in particolare?» Avevamo tutte le nostre vite da recuperare. Da dove dovevo cominciare?

«Del perché indossi una camicia di flanella da uomo e praticamente nient'altro. Perché ti trovi qui con Boone *e* Jamison. E non dirmi che avete giocato a Scarabeo.»

«È tanto palese che non abbia indosso il reggiseno?»

Lei scosse la testa. «Solo perché anch'io ho le tette grosse. Faccio parte del club.»

«Farei meglio a vestirmi,» dissi, voltandomi verso la camera da letto.

«Vengo con te.» Mi seguì a ruota.

Trovai i miei abiti ripiegati ordinatamente su una sedia super imbottita tra le ampie finestre. Il letto era stato rifatto. Non c'era traccia di alcuna attività sessuale, grazie alle maniere ossessivo compulsive di Boone per l'ordine. Mi rese un po' più facile farmi vedere in quello stato.

«Cos'è questa storia di Scarabeo?»

Lei rise, incrociando le braccia al petto. «Io e Jamison abbiamo giocato a Scarabeo una sera. È spietato. Ti sto solo avvisando.»

«Oh.» Pensai a lui che giocava a quel gioco da tavolo. Sembrava che avessi molto da imparare sul suo conto. Su entrambi i miei uomini.

«Visto il modo in cui stai arrossendo, direi niente Scarabeo. Voglio i dettagli,» disse lei, sedendosi su un angolo del letto.

«Non vuoi sapere dei miei anni nella scuola media o di quando mi sono fatta i buchi alle orecchie?» ribattei io.

Lei fece spallucce. «Dopo. Prima voglio le cose piccanti.»

Portai tutto in bagno, posando la roba sul ripiano del lavandino. Non chiusi la porta, ma mi cambiai con un po' di privacy. Mi spogliai e mi misi l'intimo. La gonna. «Di sicuro puoi farti un'idea. Sono in casa di Boone, con indosso la sua camicia.»

«Delle adorabili calze al ginocchio,» commentò lei, mentre mi rimettevo la camicetta. «Io l'ho fatto con Cord e Riley il giorno stesso che ci siamo conosciuti.»

Le mie dita indugiarono sui bottoni. Mi voltai e rimasi immobile sulla porta dopo quella notizia bomba. «Sul serio?»

Mi rivolse un sorriso malizioso e arrossì. Annuì. «E con *fatto* intendo sesso selvaggio sulla veranda della casa principale.»

Spalancai la bocca pensando a quella veranda. Alla dolce Kady che ci dava dentro all'aperto in quel modo. Con entrambi quei cowboy enormi. Sembrava che Kady avesse un lato da zoccola, il che voleva dire che io potevo tranquillamente interrogarmi sul mio. Che potevo averne uno anch'io.

«Oh. Um... wow.»

Non riuscivo a pensare ad altro da dire. Avevo un sacco di lauree e lei mi aveva ridotto ai monosillabi.

«E tu?» Kady inarcò un sopracciglio e mi fissò con occhi verdi maliziosi.

Tornai a chiudermi i bottoni così da non doverla guardare mentre rispondevo. «Be'... um, li ho conosciuti l'altro giorno, appena sono arrivata. Ho incontrato tutti i ragazzi del ranch. Solo una breve presentazione, niente di più. Non li ho più rivisti – Jamison e Boone – fino a ieri sera allo Sperone di Seta. Io... uh, non è che capisca davvero questa cosa. *Noi.* È un po' folle. Voglio dire, ho fatto sesso con loro dopo averli conosciuti solamente da un'ora.»

Lei si alzò e agitò una mano in aria come se fossero sciocchezze.

«Il modo in cui ti guardano?» Si fece aria con la mano. «È palese che ti desiderano sul serio. E non parlo del sesso.»

Non avevo mai davvero parlato di sesso con nessuno, né avevo mai confessato di non averne mai fatto. Ero arrivata a un punto in cui ero ormai troppo cresciuta per discuterne. Ogni amica al college aveva già fatto sesso ed era un po' tardi per fare domande a loro. E non è che mia madre mi avesse mai parlato dell'argomento. Mi aveva solamente detto di non disonorare mai la famiglia. Che dovevo essere discreta in ogni cosa che facevo.

Avevo baciato due uomini in una stazione di servizio e poi ero andata a letto con loro – e per *andare a letto* non intendevo dormire – e non ero stata affatto discreta al riguardo, quando avevo risposto alla porta di Boone indossando solamente la sua camicia.

«Io... um, non l'avevo mai fatto prima. La scorsa notte è stata la mia prima volta.»

Kady spalancò la bocca, ma poi piegò la testa di lato e mi sorrise malinconica. «Com'è dolce che sia successo con loro. Scommetto che quei due hanno subito fatto i maschi alfa quando gliel'hai detto.»

Non potei fare a meno di ridere. «Oh sì.»

«Hanno fatto i bravi?» mi chiese, poi agitò di nuovo la mano in aria. «Lascia stare. Ovvio che sì. Se sono anche solo lontanamente come i miei uomini, allora ti hanno fatta venire almeno una volta ancor prima di entrarti dentro, non è vero?»

Fu il mio turno di arrossire. Non avevo intenzione di dirle che non avevamo usato protezioni, che avrebbero potuto avermi messa incinta. Che la prospettiva forse mi emozionava. Non ero pronta a spiegarle tutto quello. Non subito.

«Stai bene?» mi chiese. «Emotivamente, intendo.»

«Sì.»

«Non si è trattato di una sveltina,» disse, come se lo sapesse per certo. Potevo essere stata io ad andare a letto con

Boone e Jamison, ma lei li conosceva da più tempo. «Sono certa che ti stai preoccupando di quello, nonostante ti abbiano detto il contrario. Ho sentito parlare dei tuoi master. Congratulazioni. Significa che sei una tipa sveglia e probabilmente analizzerai tutta la situazione fin nei minimi dettagli. Io l'ho fatto, e non avevo nemmeno tutta la storia della verginità con cui vedermela. Qualunque cosa ti dicano, credigli. Ti vogliono, seriamente, altrimenti non ti troveresti qui.»

«Hanno detto di volere un per sempre.»

Si morse un labbro e le vennero le lacrime agli occhi. «Dio, è una cosa così dolce. Noi stiamo cercando di avere un figlio,» ammise.

Figlio? Il mio cellulare si mise a squillare nella borsa. Andai alla sedia e lo tirai fuori, vedendo che si trattava di mia madre. Feci scorrere il dito sullo schermo rifiutando la chiamata, poi misi di nuovo via il telefono. «Scusa, mia madre.»

«Non andate d'accordo?»

«No. Quella conversazione sarebbe meglio affrontarla con una bottiglia di vino in mano. Magari due.» Non avevo intenzione di dire altro riguardo a mia madre. Non in quel momento. Ero troppo sopraffatta da tutto il resto. Boone e Jamison. Il fatto che volessero un per sempre. L'aver conociuto Kady. «Dunque, un figlio?» chiesi invece, riportando la conversazione su di lei.

Kady si alzò, andò verso la finestra e annuì. Cord stava facendo un giro di prova sul quad di Boone attraverso il giardino sul retro. «I ragazzi e il loro giocattolino.»

Guardava Cord nello stesso modo in cui lui aveva guardato lei prima. Con aria nostalgica.

«Li ami.»

Lei annuì. «Oh sì. Mi crederesti se ti dicessi che è stato amore a prima vista, con entrambi?»

Con lo sguardo, seguii Cord e il quad avanti e indietro lungo il cortile. Se avessimo avuto quella conversazione prima che avessi conosciuto Jamison e Boone, probabilmente avrei detto di sì solamente per non ferirla. Ma adesso? Ormai ci credevo al cento per cento. Di cos'altro poteva trattarsi? L'attrazione, la bramosia, il desiderio di stare semplicemente con loro, doveva essere amore. Avevo raccontato loro i miei più intimi segreti e sogni, avevo donato loro la mia verginità e mi ero perfino resa sensibile a molto più che un semplice cuore spezzato. Ma sapevo. *Sapevo* che non mi avrebbero ferita. Stupida, avrebbe detto mia madre. Magari lo ero davvero. Ma ero stupidamente innamorata e non avevo intenzione di sprecare quel sentimento. Non sarei scappata solamente perché avrebbe potuto finire male, perché avrebbe potuto essere inappropriato desiderare due uomini.

Potevo essere una Vandervelk su carta, ma il mio DNA gridava Steele.

«Assolutamente,» le dissi.

«Ecco perché noi stiamo cercando di avere un figlio. Ne voglio uno. L'ho sempre voluto. E anche loro, pare. Be', se non altro ne vogliono fare uno con me.» Si passò una mano sul ventre piatto. «Sono emozionata.»

«Basandomi su quanto ha detto Cord all'ingresso, voi tre ci state provando piuttosto intensamente.»

Sogghignò maliziosa. «Stavo prendendo la pillola, ma ho smesso un paio di settimane fa. Potrebbe volerci un po', ma sono disposti a fare del loro meglio.»

Pensai a Boone e Jamison, a come mi avessero presa senza protezione. Si erano comportati come due cavernicoli, a guardare il loro seme scivolarmi fuori tra le gambe. L'idea di fare un figlio con me li aveva solamente eccitati di nuovo, il che aveva fatto sì che mi scopassero ancora e mi riempissero di altro seme. Non ero certa di come potessi *non* essere incinta. Se gli uomini di Kady erano stati altrettanto virili e

VANESSA VALE

pronti, probabilmente lei lo era già. Magari era per quello che era così incline alle lacrime.

«Adesso hai la casa principale tutta per te, per quanto se i tuoi uomini dovessero assomigliare anche solo un po' ai miei, non ci passerai poi tanto tempo.»

Non avevamo parlato delle mosse successive, non ci eravamo spinti oltre il per sempre. Boone avrebbe avuto un turno al pronto soccorso il giorno seguente e, per quanto il ranch sarebbe probabilmente stato in grado di sopravvivere senza Jamison, lui non poteva trascurare i propri impegni per me troppo a lungo. Sebbene io volessi una famiglia, una casa di cui occuparmi, non pensavo che loro intendessero la casa di Boone, né di cominciare subito.

«Immagino che usciremo un po' insieme, passeremo del tempo tranquilli sul divano a guardare film. Mesi in cui conoscerci meglio. Tornerò alla casa principale per cena. Da sola.»

Lei rise, poi si interruppe quando si rese conto che io non lo stavo facendo. A quel punto si accigliò.

«Scusa, ma sei seria, vero?»

Mi resi conto che non avevo finito di abbottonarmi la camicia e chiusi gli ultimi bottoni, mentre rispondevo. «Sì, sono seria. Ho delle cose da risolvere.» Indicai la mia borsetta. «Mia madre mi assillerà per qualcosa. Molto probabilmente il delineamento della mia tesi o le offerte di lavoro di cui è venuta in qualche modo a conoscenza. Giurerei che tenga le mie e-mail sotto controllo.»

«Non è una parlamentare?»

«Già,» dissi, infilandomi la camicetta nella gonna di jeans. «E non fa i salti di gioia all'idea che io mi trovi qui. Aiden Steele era i suoi panni sporchi. Prima me ne andrò dal Montana, meglio sarà.»

«Cosa?» Mi afferrò per gli avambracci. «Non hai intenzione di andartene, vero?»

«Non intendo andare da nessuna parte. Mi piace qui. Mi piacciono Jamison e Boone. Mi piace *davvero* quello che abbiamo fatto stanotte.»

Agitò le sopracciglia rosse e sogghignò.

Io sorrisi. «Devo solo risolvere un paio di cose. Non è che sia passato molto tempo da quando sono venuta a sapere dell'eredità.»

Mi offrì un piccolo sorriso. «Be', sono felice che tu sia qui. Ho una sorellastra, Beth, con la quale sono cresciuta. Lei è... è drogata e si trova in una clinica di riabilitazione di sicurezza.» Sospirò. «Ci servirà qualcosa di più forte del vino per questo argomento. Quello che sto cercando di dirti è che mi manca avere una sorella.»

Ora ero io a sentirmi malinconica, perché si stava effettivamente interessando a me. «Anch'io ho una sorellastra con cui sono cresciuta. Evelyn. Ha sei anni più di me. Io sono stata spedita in collegio quando avevo undici anni.»

«Come Harry Potter? Sono un'insegnante, ricordi, per cui so tutto sulla serie.»

Pensai alla Chapman Academy, agli anni che avevo trascorso lì. Mia madre aveva avuto il suo tornaconto per i soldi che aveva speso, ma io avevo ottenuto più che la semplice educazione di lusso da quel posto. Avevo imparato quanto poco fossi desiderata. Ero come l'argenteria buona, che veniva tirata fuori per le occasioni speciali e poi riposta una volta che non serviva più. «Niente scope volanti, purtroppo. Io ed Evelyn non siamo mai state affiatate. Adesso lei fa l'avvocato nel North Carolina. Per cui sì, anch'io sono felice di essere qui. Con te.»

Mi fece passare un braccio attorno alle spalle e guardammo fuori dalla finestra. Boone, Jamison e Riley erano in piedi l'uno di fronte all'altro a parlare, tutti virili e una meraviglia per gli occhi. Sentimmo prima il rumore forte del motore del quad, poi Cord passò velocemente di fronte alla finestra sul fuoristrada.

«Hanno decisamente troppo testosterone per il loro bene,» sospirò lei.

«Non è ciò che hai detto la notte scorsa,» la presi in giro.

Lei ridacchiò. «Scommetto nemmeno tu.»

10

JAMISON

Fermai il furgone di fronte alla casa principale, ma non spensi il motore. I finestrini erano aperti, perché durante le prime ore della sera la temperatura era perfetta. Odiavo sprecare il bel tempo con l'aria condizionata del mio pick up. Non ci sarebbe voluto molto prima che fosse ricominciato a nevicare. Il clima nel Montana era piuttosto volubile.

«Ti andrebbe di stare con me nel mio cottage?»

«Me lo stai chiedendo?» domandò la Micina, lanciandomi un'occhiata tra quelle lunghe ciglia chiare.

Boone non si era mostrato tanto felice quando ce n'eravamo andati, ma avrebbe cominciato il suo turno in pronto soccorso alle sette, per cui gli serviva una bella nottata di sonno, non una tentazione come la nostra Micina nel letto. Non sarebbe stato in grado di dormire se lei fosse rimasta lì. Proprio come la sera prima. Avevamo a malapena chiuso occhio.

Per questo motivo io ero esausto, eppure avevo di nuovo l'uccello duro. No, lo era *ancora*. Il solo ripensare a quello che avevamo fatto, a lei, il suo sapore, le sue urla, il modo in cui i suoi muscoli si erano contratti, come ci aveva supplicati... come aveva scopato.

Non mi sarei mai dimenticato l'espressione sul suo volto, quando l'avevo penetrata per la primissima volta.

«Sì. Ieri sera ti abbiamo rivendicata, Micina. Sei nostra, adesso. Mia e di Boone, ma questo non vuol dire che ti comanderemo a bacchetta. Se vuoi restare nella casa principale, lo rispetterò.»

«Ma non ti piacerà.»

Scossi la testa. «No, non mi piacerà. Dopo quello che è successo a Kady là dentro, non mi piace l'idea che tu te ne stia lì da sola, anche se lo stron- quell'uomo è morto.»

«Qualcuno ha cercato di ucciderla.»

«Esatto.»

«Ma io sono rimasta qui le scorse notti.»

«Ma non eri nostra, allora.»

Sutton aveva ucciso quel bastardo con un singolo sparo perfetto dritto al cuore. Tuttavia, era stato solo dopo che l'intruso si era mosso brancolando nel buio alla ricerca di Kady. Eravamo arrivati in tempo per salvarla, nonostante avesse fatto un buon lavoro da sola, nascondendosi sul tetto della veranda. Da allora, mi ero sempre chiesto se quel bastardo l'avrebbe mai trovata. Si era trattato di una notte buia, senza luna, e lei si era infilata in un angolo accanto ad uno dei comignoli.

Il pensiero della Micina in quella situazione, rannicchiata sul tetto, pietrificata, mi fece perdere l'erezione. Avrei rispettato la sua decisione, ma ciò non significava che non sarei rimasto lì con lei, con un fucile in grembo, a guardarla dormire. Avevo fatto il poliziotto, conoscevo il lato oscuro della società. Avevo visto roba che non mi sarei mai dimenticato. E non volevo che nulla di tutto quello toccasse la Micina.

Il suo cellulare le squillò nella borsetta. Lei lo estrasse e sospirò. «È mia madre. È la terza volta che chiama, oggi.»

Non sembrava felice di ricevere una telefonata da parte sua. Parlavo con i miei genitori due volte alla settimana perché, be', mi piacevano. Volevo anche loro bene, ovviamente, ma mi piaceva parlarci, sentire come andava la loro vita. Era chiaro che non era quello il tipo di relazione che aveva la Micina con sua madre. Detestavo questo fatto, perché le mancava una cosa importante.

Sollevai il mento. «Rispondi.»

«Ma-»

«Non smetterà. E una volta che ti avrò portata a letto, più tardi, non mi fermerò nemmeno io.»

Spalancò la bocca e arrossì in maniera adorabile. Non resistetti a farle l'occhiolino, godendomi quell'innocenza che le era rimasta.

Lei rispose, portandosi il cellulare all'orecchio.

«Pronto, Mamma.»

Volevo ascoltare quella telefonata, non origliare, di per sé, ma assistere alla dinamica tra madre e figlia. Vedere come ne venisse influenzata la Micina. Da quanto ci aveva raccontato la sera prima, non le piaceva più di tanto la Parlamentare Vandervelk. Io la conoscevo solamente per la sua carriera politica e l'avevo cercata online, avevo studiato la sua posizione circa i problemi importanti. Sebbene potessi non aver votato per lei, aveva un curriculum impressionante. In Parlamento. Con sua figlia? Non così tanto.

Riuscivo a sentire la voce della donna, ma non riuscivo a distinguerne le parole.

«Sì, sono ancora nel Montana. Sì, la dissertazione procede.»

Aveva menzionato la stesura della sua tesi che doveva consegnare alla referente. Ma a giudicare dal modo in cui il suo corpo si era teso, non stava dicendo la verità, perché non aveva alcuna intenzione di proseguire col programma. Non le piaceva mentire a sua madre, ma doveva ancora imparare a parlare chiaro con lei. Da quanto ci aveva raccontato, la posta in gioco era alta.

Se la sua famiglia l'avesse davvero tagliata fuori, non sarebbe stata sola. Tutto quello che avevamo detto la sera prima era stato sincero. Volevamo un per sempre con la Micina. Diamine, non ce la saremmo scopata, altrimenti. Non l'avremmo presa senza protezioni. E quando avevamo scoperto che era vergine... *cazzo*. La sua figa era stata violata solamente dai nostri uccelli. Era stata plasmata per accogliere noi. Nessun altro avrebbe mai conosciuto la sua stretta calda e umida. Visto il proprio seme scorrerle tra le cosce, sapendo di averla riempita fino all'orlo. Molto probabilmente con un bambino. Cazzo, no. Solo io e Boone.

«Borstar? Sì, ho ricevuto delle e-mail da parte loro. Anche una telefonata. Sì.» Ci fu una pausa mentre ascoltava. «Sì, la descrizione del lavoro è notevole. Anche la paga. Sì. Perché? Perché non voglio lavorare per un'azienda del gas e petrolio.»

Riuscii a sentire sua madre parlare, a quel punto, a voce più alta. La Micina si allontanò il telefono dall'orecchio, si voltò e mi mimò uno «Scusa» con le labbra.

Io non potei fare altro che farle l'occhiolino. Era una sua battaglia e stava a lei combatterla. Sebbene avessi voglia di strapparle via il telefono e mandare a quel paese sua madre, non sarebbe servito a porre fine a quella storia.

Sarei stato lì per lei, così come Boone, in qualunque modo fosse stato necessario, ma doveva arrivare da sola alla decisione di tagliare i ponti. Di allontanarsi. Di vivere la propria vita come voleva lei. La notte prima, con noi, era stato il primo passo. Avremmo fatto quello successivo, e quello dopo ancora, insieme.

«Mamma, devo andare. No, non ho intenzione di ricontattare la ditta. Non sono interessata. Ciao, Mamma.»

La voce smorzata della madre continuò a inveire fino a quando la Micina non terminò la chiamata.

Gettò indietro la testa, chiudendo gli occhi. «Scusami.»

«Non puoi cambiare tua madre.»

Lei si voltò per guardarmi. Sorrise. «Posso cambiare mio padre, però.»

«Verissimo. E guarda a cosa ha portato. Ti trovi qui nel Montana, rivendicata da due uomini, e hai appena detto a tua madre di aver rifiutato le offerte di lavoro. Direi che è un buon inizio.»

«E la tua, di madre? È una parlamentare assetata di potere?»

Mi passai una mano sulla nuca. «Mia madre vive con mio padre in una casa al mare in Alabama. Era gente che inseguiva l'estate, sfuggendo al freddo del Montana in inverno una volta andati in pensione, ma poi hanno deciso di rimanerci per tutto l'anno. Durante la mia infanzia, il suo compito era occuparsi di me e dei miei tre fratelli. Adesso, il suo compito è restare sana di mente mentre vive con mio padre.» Sorrisi, pensando al rapporto d'amore dei miei genitori. «A mio padre piace seguirla nei negozi di alimentari, guardare tutto, parlare con la gente. A mia madre piace prendere quello che c'è sulla lista della spesa. Entrare e uscire. La fa impazzire. Sto solo aspettando che mi chiami per dirmi che devo tirarla fuori di prigione.»

La Micina sorrise al mio racconto. «Sembra bello. Normale. Per quanto una donna che abbia avuto quattro maschi dovrebbe meritarsi una medaglia dal Parlamento.

Mmh, magari potrei convincere mia madre a dargliene una.»

Rimasi in silenzio per un attimo, lasciando che ci pensasse. Non riuscivo ad immaginarmi due madri più diverse l'una dall'altra delle nostre.

«Ti avevano offerto un lavoro?» Lasciai che quella domanda rimbombasse nella cabina del furgone, per quanto conoscessi già la risposta.

«Vi ho detto ieri che mi avevano contattata. E-mail da diversi posti, ma una ditta è più insistente delle altre. Immagino vogliano davvero che lavori per loro.»

«Dev'essere bello, sapere che tutto il duro lavoro viene finalmente ripagato.»

Fece spallucce. «Non voglio quel lavoro, l'ho rifiutato. Sono felice di aver terminato la laurea, ma non sono più interessata e basta. Non è ciò che voglio.»

«Ok.» Annuii, terminando la conversazione, almeno per il momento. Nulla avrebbe potuto cambiare le cose in un attimo. «Allora starai con me?»

Lei lanciò un'occhiata alla casa. «Sì, ma devo preparare una borsa. Mi serve altro a parte questi vestiti.»

Le lanciai un'occhiata, ma non vidi la gonna di jeans e la camicetta che si era rimessa. Vidi la sua pelle pallida, la curva dei suoi fianchi larghi, le morbide colline del suo seno ampio, mentre se ne stava sdraiata sulle lenzuola di Boone. Ogni singolo centimetro nudo del suo corpo.

«Prendi tutto, Micina. Resterai nel mio letto o in quello di Boone fino a quando non avremo deciso dove vivere tutti quanti insieme.»

I suoi occhi sgranati incrociarono i miei. «Voi... voglio dire, pensavo... volete vivere con me?»

«Non venirmi a dire che ci siamo appena conosciuti.»

Strinse le labbra.

«Pensavo avessimo già affrontato l'argomento.»

Allungò una mano, prese la mia e vi intrecciò le dita. «Sì. È solo che... Non sono abituata a una persona, o due, che mi desiderano. Non ci sono proprio abituata.»

Le strattonai la mano, attirandola a me per un bacio. «Abituatici. In fretta. Come abbiamo detto, non ci saremmo presi la tua preziosa verginità, se non avessimo voluto davvero un per sempre.»

Arrossì come una ciliegia, fissando un bottone della mia camicia. «Voi siete già stati con altre donne.»

Quella era una conversazione pericolosa e un terreno su cui avanzare con cautela. Capivo la differenza tra la Micina e le donne con cui ero stato in passato. Avevo scopato per vent'anni. Ma non ero mai stato con lei. Non aveva significato nulla. Solo un rapido sollievo. Ma dovevo assicurarmi che lo capisse anche lei.

«Sì, è vero,» ammisi. «Ma non ho mai scopato una volta senza preservativo. Poteva avere accesso al mio uccello, ma mai una volta ho ceduto il mio cuore ad una donna. Prima di te.»

Dischiuse le labbra piene. «Jamison,» sussurrò. «Quello che abbiamo fatto non è stato fare l'amore. È stato-»

«Selvaggio?»

«Sì.»

«Sporco?»

«Sì.»

«Decisamente scandaloso.»

A quel punto si raggelò. La sua espressione si fece vuota, e lei si irrigidì.

«Cosa? Che c'è?» chiesi, rendendomi conto che le cose erano appena cambiate, che qualcosa non andava. Lanciai un'occhiata fuori dal finestrino per controllare se avesse visto qualcosa.

«Non... non mi piace quella parola. Scandaloso. Non sono stata cattiva.»

Merda. *Merda.* Quello era un tasto dolente. *Scandaloso.* Ma certo che lo sarebbe stato. Aveva cercato così disperatamente di farsi amare dalla propria famiglia che probabilmente non aveva mai fatto nulla di sbagliato in vita sua solo per racimolare un briciolo di elogio da parte loro. Eppure, molto probabilmente, era stata rimproverata, invece. Mandata in collegio perché non era stata abbastanza brava. Non era come i suoi fratellastri e la sua sorellastra, e per questo credeva di aver fatto qualcosa di sbagliato.

Gemetti, desiderando di poter curare quella sua ferita. «No, non sei stata cattiva. Non hai fatto nulla di sbagliato. Sei stata perfetta. Sarai sempre perfetta, anche se dovessimo litigare. Nulla cambierà il modo in cui sia io che Boone ti desideriamo. Mai.» Appiattii il tono di voce, rendendolo più morbido. Dolce. La attirai più vicina, la baciai leggermente, un semplice sfregamento di labbra. «Sei una così brava ragazza.»

Lei sospirò, il suo respiro caldo che si mescolava al mio.

«Quando ci tocchiamo, non si tratta solamente di desiderio. Ti voglio con ardore, come tu vuoi me. Voglio te, il tuo corpo. Il mio corpo desidera il tuo. Ma la anche la mia mente e il mio cuore ti desiderano. Tutta. Io bramo disperatamente *te*.»

Mi lanciò un'occhiata ed io vidi che stava riflettendo sulle mie parole. Vidi il luccichio della speranza, della sorpresa.

«È questo che lo rende speciale.»

Annuì. «Sì, capisco. Anch'io vi desidero ardentemente. Per la prima volta, so esattamente cosa voglio.»

«Esatto. E il sesso? È il modo in cui ci dimostriamo esattamente quanto ci vogliamo.» A quel punto sogghignai, facendole scorrere il pollice sulla guancia. «E siamo appena all'inizio. Non abbiamo sperimentato tutti i modi possibili in cui scopare. Non ancora. Vuoi sapere cosa vorrei farti?»

«Sì,» esalò lei.

Era di nuovo con me. Di nuovo eccitata. Interessata. Ora sapevo di dover evitare quella parola e mi sarei assicurato di farlo presente anche a Boone.

«Voglio penetrarti col mio uccello, lentamente, alla missionaria, così da poterti guardare negli occhi mentre lo faccio, prima di riempirti col mio seme.»

Emise il più flebile dei gemiti.

«Ti darò questo,» mormorai dolcemente. «Ti darò tutto ciò che desideri.»

La vidi arrossire, lo sguardo che si accendeva.

«Oh, Micina, hai qualcosa in mente, non è vero?»

Si leccò le labbra e annuì.

Gemetti.

«Brava ragazza.» Spensi il furgone. «Andiamo a prendere le tue cose, dopodiché torneremo al cottage e me lo potrai mostrare.»

Avevo la sensazione che stare con la Micina si sarebbe rivelata una bella nottata selvaggia. E Boone? Si sarebbe perso una bella serata, ma sarebbe presto toccato anche a lui. La Micina poteva avere tutto il cazzo che voleva.

«No, adesso. Qui.» Le sue piccole mani mi spinsero contro lo schienale del sedile e si tuffarono sulla mia cintura.

11

JAMISON

«Qui?»

«Non sono più vergine.»

Le fermai le mani, ma non le scacciai. Riuscivo a sentirne il calore attraverso i jeans e c'era la possibilità che venissi all'istante. «Sarai indolenzita.»

Scosse la testa, si morse un labbro, mentre si liberava le mani e afferrava la zip.

«Attenta, Micina.» Spostando le mie mani, le lasciai fare ciò che voleva. Tuttavia, non c'era bisogno che andassi a trovare Boone al pronto soccorso per via di una fottuta ferita da zip. Avrei preferito trovarmi a fondo dentro la mia donna impaziente.

Una volta che i miei jeans furono slacciati, lei si fermò. «Um, avevo pensato che sarebbe saltato fuori da solo.»

Io risi, ma in parte fu un gemito. Mi stava guardando

l'uccello come se non avesse mangiato e quello fosse il suo primo pasto dopo una settimana. Sollevai i fianchi e mi abbassai i pantaloni quel tanto che bastava a farlo effettivamente saltare fuori.

«Oh,» commentò lei, sorpresa e senza fiato.

«Ce l'ho grande e mi rimane lungo la coscia,» le spiegai.

Spostò per un istante lo sguardo sul mio, poi lo riportò subito al mio inguine. «Posso... metterci la bocca?»

Del liquido preseminale mi uscì dalla punta e una goccia scese lungo il perimetro.

«Cazzo, sì.»

Togliendosi la cintura di sicurezza, si inginocchiò sul sedile e si sporse sulla console centrale. Non potei non notare il modo in cui il suo bel sedere fosse piazzato in aria, la gonna di jeans che si sollevava. Allungando una mano, gliela posai sul retro della coscia morbida, facendola scorrere verso l'alto fino a scoprire che era nuda. Niente mutandine. Chiusi gli occhi, premetti la testa all'indietro contro il poggiatesta e mi resi conto che quel piccolo pezzo di seta era ancora nel taschino della mia camicia.

Lei tirò fuori la lingua ed io la guardai mentre leccava via la traccia di liquido preseminale, leccandosi le labbra. Vederla guardarmi dal mio inguine me ne fece uscire un altro po'. «Non stuzzicarmi, Micina.»

Sorrise, come un gattino che si lecca i baffi. Effettivamente era così. Ma volevo che desse ben più di due leccatine.

«Prendimi in quella bella bocca vergine. Mostrami cosa puoi fare.»

Fece come le avevo detto, aprendo bene la bocca e accogliendo tutta la punta in quel calore umido, facendoci scorrere la lingua come se stesse mangiando un cazzo di cono gelato.

Gemetti, guardandola divorarmi. Era la cosa più erotica che avessi mai visto.

«Tieni la base. Brava ragazza, sì, così. Ora prendilo più a fondo che riesci.»

Scoprì presto il limite della propria gola e si tirò indietro. Non ero il tipo di stronzo da costringere una donna ad ingoiare il proprio uccello. La sola suzione leggera mentre incavava le guance e mi stuzzicava con un'impazienza che trovavo fottutamente invitante ed eccitante bastava a farmi stringere i testicoli.

Sollevai la mano e le toccai la figa da dietro. Lei gemette e quelle vibrazioni attorno all'uccello mi fecero emettere un verso gutturale. «Cristo, Micina. Sei bagnata.» Feci scivolare dentro un dito con delicatezza. «E riesco a sentire il nostro seme qua in fondo.»

L'idea che fosse ancora piena, che ci fosse prova del fatto che ce l'eravamo fatta tutta la notte – e Boone quella mattina – mi faceva sentire così fottutamente possessivo. Lei gemette di nuovo, perché avevo trovato la piccola protuberanza del suo punto G e ci avevo passato sopra il dito, e ne percepii le vibrazioni fino ai testicoli. La sua eccitazione mi mandava fuori. Mi rendeva insaziabile. Fece scorrere la lingua sulla punta, leccando via l'ultima traccia di liquido preseminale che le avevo appena schizzato in bocca.

«Basta. Non posso più resistere a quelle dolci labbra.» La afferrai per le spalle, sollevandola con delicatezza. Aveva lo sguardo velato quando lo posò sul mio.

«Perché mi hai fermata? Non vuoi venirmi in bocca?»

Con una mano, premetti il pulsante sul mio sedile per farlo reclinare. Con l'altra le accarezzai il labbro inferiore. «Cazzo, sì. Ma tutto il nostro seme deve finire dentro quella figa.»

Una volta abbassato il sedile, me la presi in braccio, facendomi passare le sue ginocchia ai lati dei miei fianchi, il che le fece arricciare la gonna attorno alla vita. Mi spinsi indietro così da darle più spazio di manovra con il volante alle sue spalle.

Grazie al cielo lei era piccola e ci stava. Non sbatteva nemmeno la testa.

Il mio pene si ergeva tra di noi e lei lo fissò, lo vide luccicare della sua saliva.

«È tutto tuo, Micina.»

Incrociò il mio sguardo e si morse un labbro, spostando i fianchi. Poi si ravviò i capelli dietro le orecchie e lanciò un'occhiata fuori dal finestrino, come se si fosse appena resa conto che ci trovavamo nel mio furgone e che se qualcuno fosse passato di lì, ci avrebbe visto. A me non fregava un cazzo. Ovviamente, ero possessivo nei confronti della Micina, ma non c'era dubbio sul fatto che stesse per essere scopata e portata per bene all'orgasmo da uno dei suoi uomini e che, per quanto fosse assolutamente bellissima quando veniva, tutto ciò che avrebbero potuto fare gli altri sarebbe stato essere fottutamente gelosi.

La Micina era *mia*.

Strinsi i pugni per impedirmi di sollevarla e tirarmela dritta sull'uccello per domostrarlo. Grazie al cielo lei si sollevò sulle ginocchia così da starmi sospesa sopra, poi oscillò un po' e scivolò giù, spostando i fianchi ed abbassandosi gradualmente.

Tenni gli occhi fissi sulla sua figa e sul modo in cui il mio uccello ci stava scomparendo all'interno. Era calda e fottutamente stretta. Sebbene non avessi dubbi che sarebbe già stata bagnata di suo, il fatto che avesse il nostro seme dentro di sé aiutava già a facilitare il mio ingresso, specialmente dal momento che doveva essere indolenzita. Non eravamo stati bruschi con lei, ma una figa che non fosse abituata a scopare aveva bisogno di un uccello di medie dimensioni e questo non lo era. Più tardi, una volta che fossi riuscito a portarmela a letto, mi sarei assicurato di darle una bella ripassata con la bocca per farle passare tutto.

PENNY

Con una mano tenevo stretta la cima del poggiatesta del sedile passeggero, con l'altra mi aggrappavo al finestrino aperto, tenendomi in equilibrio mentre cavalcavo Jamison come una cowgirl. Avevo perfino gli stivali. La notte precedente, nel retro del furgone di Boone, Jamison aveva detto che mi sarei fatta una cavalcata coi loro cazzi. Non pensavo intendesse questo, con tutto il mondo che avrebbe potuto guardarci. Forse non il mondo intero, ma se non altro chi lavorava al ranch. Magari la Signora Potts, la governante.

Ero solamente troppo impaziente per attendere. Perché avrei dovuto? Jamison mi aveva praticamente promesso una nottata selvaggia e l'avevano decisamente resa stupenda, ma mi avevano anche resa insaziabile. Bramosa. Avida di cazzi.

Un'intera serie di orgasmi indotti da un uomo – no, da *due* uomini – potevano mandare in corto circuito il cervello di una donna.

Lui non aveva riso. No. Aveva solamente spostato la mano per permettermi di slacciargli i pantaloni e poi prenderlo in bocca. Mi sentivo potente, sapendo di averglielo fatto venire duro, di avergli fatto gocciolare la punta dell'erezione. Di avergli fatto perdere il controllo. Io. La verginella.

Ed ero così perché Jamison aveva ragione. Lo desideravo ardentemente. Lui e anche Boone. Erano un qualcosa che avevo desiderato con tutto il cuore ed era questo a fare la differenza. Mi avevano fatto rendere conto che fino a quel momento mi ero solamente lasciata trascinare dalla vita e dalle sue azioni quotidiane. E finalmente, sapevo cosa volevo e me lo sarei preso. E si trattava dell'uccello di Jamison. Lo volevo. Volevo condividere quella passione travolgente con lui. Avevo bisogno di quella connessione, di quel legame.

E non ero *scandalosa*. Non era uno scandalo prendermi ciò che volevo perché era... giusto.

Gli avevo fatto perdere abbastanza la testa da farmi strattonare oltre la console centrale fino in braccio a lui. A denti stretti, mi aveva detto di fare ciò che volevo di lui. Di un bellissimo cowboy, tutto muscoli e mani forti. Cosce possenti e cazzo grosso. Quell'uomo che avrebbe potuto sopraffarmi, ferirmi, distruggermi, se ne stava lì in attesa che io mi prendessi quello che desideravo da lui.

Per cui stavo approfittando appieno di quell'invito.

Quando mi abbassai la prima volta, sentii il bruciore, il leggero dolore dell'essere riempita un'altra volta, agitando i fianchi per accoglierlo. Ma presto, no, subito, quel bruciore fu sostituito dal piacere. In qualche modo, Jamison stava colpendo ogni singolo punto giusto nel mio corpo ed io ero sull'orlo dell'orgasmo.

Mi ci ero già avvicinata prima, con i due uomini che mi avevano lasciata cuocere a fuoco lento tutto il giorno con le loro carezze, le loro parole, le loro dannate promesse di ciò che mi avrebbero fatto al punto che avevo mentalmente detto al diavolo ed ero saltata addosso a Jamison.

Risi e lasciai cadere la testa all'indietro mentre mi godevo la sensazione di lui che mi riempiva fino in fondo, il modo in cui mi sarei potuta prendere ciò che volevo da lui. Stare con Jamison, per qualcuno, avrebbe potuto essere considerato soffocante. Lui e Boone, entrambi, erano uomini dominanti. Ma era il contrario, a mio avviso. Io, per una volta nella mia vita, mi sentivo libera. Mi accettavano per quello che ero, mi volevano, e a giudicare dal modo in cui i loro uccelli erano sempre duri, mi desideravano. In quel momento, Jamison mi stava lasciando spazio per esplorare i miei, di desideri, per imparare da essi. Perfino *sfruttandolo*.

Mi strinsi attorno a lui, percepii il calore del fuoco, il dolce bruciore sulla mia pelle dovuto a quella semplice mossa. Era *davvero* in fondo. Quell'angolazione lo faceva sbattere in alto dentro di me e capii che lo stavo prendendo tutto – specialmente quando mi trovai seduta contro le sue cosce. Le sue mani strinsero la presa sui miei fianchi, ma non fece nulla per spostarmi.

«Micina,» mi avvertì, la voce roca. Il suo sguardo era fisso sul mio, con una traccia di avvertimento. Per cosa, non lo sapevo.

Sogghignai maliziosa. «Che cosa c'è?»

A quel punto lui sollevò le mani, non per farmi muovere, ma per afferrarmi la camicetta e aprirla di scatto con uno strappo. I bottoni non poterono nulla contro la sua forza e saltarono via. I suoi occhi si accesero alla vista del mio seno nell'intimo di pizzo.

«Cavalcami. Voglio vedere quelle bellissime tette muoversi, mentre ti porti all'orgasmo sul mio cazzo.»

Mi sentii bagnare alle sue parole sporche e decisi di avere pietà di lui, di entrambi, e cominciai a muovermi. Su, giù, ondeggiando i fianchi. Ancora e ancora fino a quando non sentii di esserci vicino; lo cavalcai verso il piacere, prendendolo sempre più veloce. Più tardi mi avrebbero fatto male le cosce per via di quello sforzo, ma sarebbe stato molto... più tardi.

«Jamison. Dio, sto per... oh, sì. È bellissimo.»

Mi ero talmente persa nella necessità di venire che non mi accorsi che le sue mani si erano spostate. Un dito mi premeva contro l'apertura posteriore disegnando un cerchio scivoloso. L'altra mano mi teneva un seno e mi pizzicava un capezzolo duro da sopra il reggiseno.

«Jamison!» Spalancai gli occhi e incrociai i suoi, socchiusi. Vidi il modo in cui stava serrando la mascella, le guance arrossate.

«Ti piace?»

Mi piaceva? Non avevo idea che ci fossero così tante terminazioni nervose... là dietro, che sarebbe stato. Così. Bello.

«Cazzo, sì,» urlai. Non riuscii a non stringermi e contrarre i muscoli attorno a lui, la mia mente che abbandonava il campo e il mio corpo che prendeva il sopravvento.

Lui si ritrasse, mi afferrò con forza i fianchi e mi sollevò via da sé.

«Cos-»

«Girati.»

Gli feci passare le gambe sopra i fianchi, mossa difficile in uno spazio così angusto, fino a stargli a cavalcioni sopra dandogli le spalle. Come se fossi alla guida del furgone. Posai le mani sul volante. Jamison mi fece scivolare un pollice sulla figa, inserendolo all'interno prima di estrarlo e abbassarmi sul suo uccello. Quella direzione gli faceva colpire punti completamente diversi dentro di me. Gemetti, felice di riaverlo dentro.

«Sei venuta col mio dito che ti premeva contro l'ano. È arrivato il momento di avere di più.»

Il palmo della sua mano si posò di piatto al fondo della mia colonna vertebrale un attimo prima che il suo pollice umido mi premesse contro l'ano e vi scivolasse dentro. Tra l'angolazione e la lubrificazione, entrò subito.

Io gemetti nel sentirmi allargare, nel sentire quel leggero bruciore.

«Scopami, Micina. Scopami fino a farmi venire e vedrai come sarà quando entreremo entrambi dentro di te, uno di noi nel tuo culo e l'altro nella figa.»

Riuscivo ad immaginarmelo, io in mezzo ad entrambi i miei amanti. L'idea non mi spaventava. No, la sensazione del dito grande di Jamison mi dimostrava che mi piaceva farmi stuzzicare da dietro. E quando cominciai a muovermi, sollevandomi e abbassandomi mentre usavo il volante per tenermi in equilibrio e fare leva, lui fece scivolare con cautela il pollice dentro e fuori. Non troppo, ma abbastanza da farmi sapere che un vero e proprio uccello sarebbe stato... incredibile.

Fu troppo. Tutto quanto. Il primo orgasmo mi aveva preparata ad averne degli altri, rendendomi così sensibile che non fu difficile superare di nuovo il limite. E il suo pollice...

«Vieni per me. Vieni, adesso.»

Poteva essere stato il tono roco della sua voce, il sorprendente piacere misto a dolore delle sue dita, o magari perché lo sentii gonfiarsi sempre di più dentro di me, ma venni. Urlai, sapendo che quel grido si era propagato fuori dai finestrini aperti fino in tutta la prateria del ranch.

«Bravissima. Spremimi il seme dall'uccello. Sì. Cazzo. Ti piace avere qualcosa nel didietro. Ci entrerà presto il mio uccello. Ah, lo adorerai.»

Avevo i capelli che mi scendevano lunghi sulla schiena, il respiro mozzato mentre sfruttavo Jamison per darmi piacere, centellinandone ogni goccia mentre contraevo la vagina sul suo pene e sfregavo il clitoride contro il suo corpo e lui continuava a parlarmi sporco.

Volevo tutto quello che mi stava dicendo. Ogni. Singola. Parola.

Il suo pollice premette ancora più a fondo, quando il suo intero corpo si tese. Dalle labbra gli sfuggì un profondo verso gutturale mentre veniva. A quel punto mi lanciai un'occhiata da sopra la spalla, lo guardai farlo, vedendolo completamente perso, abbandonato al piacere che aveva estratto dal mio corpo. Allo stesso tempo, riuscivo a sentire il suo seme caldo schizzarmi dentro. Così a fondo. Così tanto che ne sarei stata marchiata, dentro e fuori, per giorni. Lui mosse i fianchi, su e giù, il minimo indispensabile mentre veniva, il suo seme che cominciava a sfuggirgli attorno, ricoprendomi le cosce e il suo inguine.

Non riuscivo a riprendere fiato, non riuscivo a fare altro che tenere duro.

Alla fine, scostò le mani ed io mi sollevai da lui, voltandomi ancora una volta così da fronteggiarlo di nuovo.

«Aspetta,» disse lui, la voce morbida, adesso, tenera, mentre mi guardava la figa, sospesa sopra di lui.

Il suo pene luccicava, ricoperto di entrambi i nostri liquidi. Ancora duro. Rubicondo, come se dovesse ancora venire.

«Che cosa c'è?» chiesi.

«Adoro vederti ricoperta dal mio seme.»

Mi posò la mano addosso, delicatamente, e cominciò a spalmarmi tutto quel liquido seminale che fuoriusciva su ogni centimetro della mia figa, risospingendone perfino un po' all'interno.

«Prendi il mio cellulare.»

Si trovava nella console centrale e lo afferrai. «Non mi farai una foto.»

«Cazzo, no. Trova il numero di Boone. Chiamalo.»

Non ero sicura del perché, ma annuii e feci come voleva. Boone rispose al primo squillo.

«Ciao, Boone,» dissi, con voce profonda e roca, probabilmente per via delle urla.

«Metti il vivavoce,» disse Jamison.

Premetti il pulsante.

«Ciao, Micina,» rispose Boone.

«Digli cosa abbiamo appena fatto, digli che ti ho scopato la figa sfondata, col suo sperma ad agevolarmi la strada. Che sei venuta con forza, perché avevo un pollice dentro il tuo ano vergine. Nel mio furgone.»

Sentii Boone gemere nel telefono.

«Micina?» chiese.

Io mi schiarii la gola, ripetendo le parole di Jamison.

«Me l'hai fatto venire durissimo,» mi disse Boone quando ebbi finito. «Vuoi sapere cosa ho intenzione di farti domani sera quando verrò a prenderti?»

Mi morsi un labbro, guardando Jamison. Sapevo che mi avrebbe eccitata di nuovo. Non sarei stata in grado di aspettare fino ad allora per venire di nuovo. Avrei avuto bisogno di Jamison per alleviare il desiderio più tardi. E sapevo che l'avrebbe fatto. Sapevo che il suo uccello non si sarebbe tirato indietro.

Jamison sollevò una mano accarezzandomi prima i capelli e poi un braccio. Un gesto semplice, leggero. Una tenera carezza totalmente in contrasto con la scopata selvaggia che ci eravamo appena fatti.

«Diglielo, Micina. Di' a Boone esattamente ciò che vuoi, a prescindere da quanto sia sporco. Te lo darà. Otterrai più di un dito in quell'ano stretto. Ti infilerà dentro un plug e presto ci starà uno dei nostri cazzi. Ci prenderemo anche quella verginità. Sei nostra. Sempre.»

Sì, ormai stavo cominciando a capirlo. Kady aveva ragione. Volevano di più. Volevano tutto ed io stavo bene così. Non solo la mia figa, ma anche il mio cuore.

Posai la mano sul petto di Jamison e annuii. «Sì, Boone. Dimmelo. Non vedo l'ora.»

$\mathcal{B}$OONE

Era passata una settimana da quando avevamo rivendicato la Micina per la prima volta, e sebbene avesse trascorso ogni notte o in casa mia o nel cottage di Jamison, ci trovavamo nella casa principale per una grande cena di gruppo. Quel posto era il più adatto a tale scopo, con la cucina ampia e il tavolo da pranzo abbastanza grande da accogliere una manciata di uomini sovradimensionati.

Lei aveva insistito a cucinare per tutti, ogni impiegato del ranch più Kady e i suoi uomini. Entrambe le donne avevano deciso che un pasto alla settimana tutti insieme avrebbe fatto bene a tutti quanti. Dal momento che io ero del tutto alla mercé della figa - o della Micina, - se lei voleva cucinare per la nostra pseudo grande famiglia, io avrei mangiato. Volentieri.

A parte quella cena, la casa veniva trascurata. Kady viveva con i suoi uomini e la Micina aveva trascorso ogni notte da quando l'avevamo rivendicata in uno dei nostri letti. Io non volevo che restasse lì. Jamison *decisamente* non lo voleva. Era stato irremovibile al riguardo dal momento che si era trovato lì, quando il bastardo era venuto a cercare Kady. Aveva visto il cadavere, il coltello che aveva con sé. Sarebbe rimasta vuota, tranne che per alcune di queste grandi rimpatriate di gruppo, fino a quando non fosse stata trovata la prossima figlia di Steele e non vi si fosse trasferita anche lei. Prima di allora, Jamison e Riley stavano lavorando con una ditta di sicurezza per aumentarne la protezione.

Jamison aveva fatto una bella ramanzina coi fiocchi a Patrick e Shamus per non aver tenuto d'occhio la Micina allo Sperone di Seta. A giudicare dal modo in cui si prodigavano adesso per lei e Kady, avevano recepito il messaggio forte e chiaro.

Da allora, si erano comportati nel migliore dei modi, motivo per cui scattarono in piedi facendo stridere le sedie sul pavimento quando Jamison disse, «Sapete qual è la regola,» a tutto il tavolo. Si alzò e prese il proprio piatto, facendo l'occhiolino alla Micina. «Chi cucina non pulisce.»

Loro radunarono più piatti vuoti possibile e corsero in cucina alle calcagna di Jamison.

Sutton, uno degli altri che lavoravano al ranch, rimase seduto, a braccia incrociate, scuotendo lentamente la testa. Aveva qualche anno in più degli altri, si avvicinava alla mia età e aveva fatto qualche anno da militare. Era abbastanza spietato da aver sparato al bastardo che aveva cercato di attaccare Kady. Un solo sparo preciso dritto al cuore. Se si fosse trovato allo Sperone di Seta la scorsa settimana, col cavolo che avrebbe mai perso la Micina di vista.

Riley si alzò, si chinò e diede un bacio a Kady sui capelli, mormorandole all'orecchio, «Io vado a prendere il dessert. Non vedo l'ora di arrivare alla panna montata.» Lei arrossì violentemente e si rifiutò di sollevare lo sguardo dal piatto. Dovetti chiedermi cosa avessero fatto quei tre con la panna.

«Era tutto squisito, Penny,» disse Sutton, posando il tovagliolo in tavola.

Non aveva fatto nulla di elaborato, optando per degli hamburger e tutti i contorni, le patate al forno e un'insalata. Brownie – con panna montata. Ed era stata abbastanza furba da sapere che grandi uomini mangiano grandi quantità di cibo, per cui aveva cucinato per un esercito.

Sotto il tavolo, presi la mano della Micina e gliela strinsi. Lei arrossì, contenta del complimento. Si era lasciata andare per tutta la settimana, rilassandosi e abituandosi alla sua vita a Barlow. Fuori dalle grinfie e dalle regole spietate di sua madre, stava fiorendo. La parlamentare le aveva telefonato un paio di volte, ma la Micina aveva fatto finire tutte le chiamate in segreteria. Sebbene non avrei mai messo le mani addosso ad una donna, avrei voluto farlo con Nancy Vandervelk. Aveva sfruttato il bisogno d'affetto materno della figlia come un'arma. Se la Micina rigava dritto, facendo esattamente ciò che sua madre voleva, le veniva concessa qualche briciola di attenzione. Di affetto. Se non l'avesse fatto... La Micina sapeva cosa sarebbe accaduto e non era mai stata pronta alle conseguenze. Ecco perché aveva ventidue anni e aveva appena concluso un master in un settore per il quale non aveva interesse.

Ora basta. Dovevo dare ragione alla Micina. Aiden Steele l'aveva salvata. La sua morte aveva portato alla luce la verità sul suo passato. No, aveva portato alla luce le menzogne di sua madre. Saperlo le aveva permesso di conoscere meglio se stessa e di cominciare a staccarsi. La fregatura era che sua madre le aveva sempre fatto credere che la vera Penelope Vandervelk fosse un fallimento per aver desiderato qualcosa di diverso da lei. Per essere diversa dai fratellastri e dalla sorellastra super ambiziosi. Tuttavia, lei era una Vandervelk solamente su carta. La sua personalità, il suo spirito, erano del tutto Steele.

Non aveva ancora affrontato sua madre, ma era solamente questione di tempo. Quando avesse davvero creduto al fatto che io e Jamison ci saremmo stati sempre, per sempre, avrebbe avuto la sicurezza e il supporto giusti per portare a termine quel compito.

Il modo in cui non si fidava ancora completamente di noi dimostrava solamente quante ferite sua madre le avesse inflitto. Si era donata a noi completamente, ma fino a quando non avesse risolto le cose con lei, non sarebbe mai stata del tutto libera. Per questo si era spostata di casa in casa, la mia e quella di Jamison, a seconda se io lavorassi o meno. Presto avremmo capito dove vivere tutti quanti insieme. Una casa per tutti e tre. E per tutti i figli che ci avrebbe dato. Avrebbe ottenuto la vera famiglia che desiderava tanto. Che io volevo darle.

Aveva condiviso così tanto di se stessa con noi negli ultimi sette giorni – era allergica ai mirtilli, adorava i film di azione e avventura, le piaceva il colore viola a giudicare dalla quantità impressionante di lingerie sexy color lavanda con la quale ci aveva stuzzicati, e ci bramava con tanto ardore quanto noi desideravamo lei. L'unica vittima erano le mutandine sexy che le strappavamo via di dosso.

Era ben lontana dall'essere vergine, ormai. La prima notte, aveva avuto ragione su di noi. Avevamo pensato che sarebbe stata tutta esitante e timorosa di due grandi uomini e due uccelli ancora più grandi che volevano entrarle dentro, di tutte le cose oscure e sporche che volevamo farle, solo perché non aveva mai scopato prima.

Ci aveva fatto ricredere, aveva pestato quel bel stivaletto da cowboy a terra e non si era mai guardata indietro. Io sorrisi tra me a quel pensiero, al fatto che l'unica volta che si *era* guardata indietro era stato quando me l'ero portata nel mio letto, l'avevo presa da dietro e lei mi aveva detto di andare più a fondo. Più forte. Di darle di più.

Mi agitai sulla sedia, l'uccello duro al solo pensiero di come si era spinta indietro, dandomi tanto quanto io stavo dando a lei fino a quando non eravamo venuti entrambi collassando assieme, caldi e sudati.

Per quanto riguardava il resto? La Micina era qui con noi e già solo quello mi permetteva di essere paziente. Di aspettare pazientemente che fosse pronta per altro, per il passo successivo. Un anello al dito. Probabilmente sarebbe successo nel giro di un'altra settimana o poco più, quando molto probabilmente le sarebbe tardato il ciclo. Avevo passato un periodo in ostetricia e ginecologia durante il mio tirocinio, sapevo tutto sui metodi migliori per rimanere incinta. Per la Micina, fino a quando non avessimo conosciuto il suo ciclo mestruale, non avrei potuto calcolare davvero i giorni di ovulazione, ma ero piuttosto certo che li avessimo coperti tutti, scopandola e riempiendola anche due volte al giorno ogni tanto. Era giovane, in salute. Non avevo dubbi che l'avessimo fecondata.

Quando gemetti, un verso gutturale nel petto, lei si voltò per guardarmi, leggermente accigliata. Io le spostai la mano che le stavo stringendo, portandomela all'inguine e posandomela sul pene. Spalancò gli occhi.

Non appena l'avessimo saputo per certo, saremmo corsi in tribunale a rendere la cosa ufficiale. Sebbene non avrebbe potuto legalmente sposarci entrambi, avrebbe ottenuto la protezione fornita dal mio cognome. Io e Jamison ne avevamo parlato e, legalmente, sarebbe stata mia. Ma ciò non significava che non sarebbe stata altrettanto sua. Sapeva di appartenere ad entrambi. Il nostro seme sulle sue cosce ne era la prova. Quel bambino avrebbe conosciuto non uno, ma due padri. Avrebbe conosciuto l'amore che la Micina non aveva mai avuto. Fino a quel momento.

Mi strinse leggermente l'erezione.

Io mi alzai, la tirai per mano e la feci alzare dalla sedia. «Torniamo subito.»

Mentre la conducevo fuori dalla stanza e lungo il corridoio verso l'ufficio di Aiden Steele, sentii un paio di risatine, ma non prestai loro attenzione. Non appena ebbi chiuso la porta di quella stanza virile alle nostre spalle, mi slacciai la cintura.

«Lo vuoi il mio cazzo, Micina?»

Lei sollevò lo sguardo su di me con gli occhi che brillavano. Quando si leccò le labbra, la sua lingua rosa che saettava fuori, capii che non avevamo più una ragazza sessualmente innocente tra le mani. Adesso era una ammaliatrice che sapeva esattamente come ottenere ciò che voleva.

«Oh sì,» fece le fusa. «Il plug che mi hai messo dentro mi sta facendo impazzire.»

Prima di uscire dal cottage di Jamison, le avevo infilato dentro il più piccolo dei plug. Ne aveva presi di più grandi nel corso della settimana, ma avevo voluto che tenesse quello durante la cena, così da ricordarsi a chi appartenesse. Così che avesse sempre in un angolino della sua mente il pensiero che un giorno l'avremmo presa insieme. Per me, era fottutamente eccitante sapere che ce l'aveva avuto dentro per tutto quel tempo.

Cominciò ad inginocchiarsi davanti a me, ma io la presi per le braccia. Scossi lentamente la testa, impedendole di chinarsi e di prendermi con la bocca. «Conosci la regola. Prima le signore.»

«Ma dobbiamo fare in fretta. Non voglio che nessuno sappia cosa stiamo facendo.»

La feci indietreggiare fino al muro. «Micina, *tutti* sanno cosa stiamo facendo. E per quanto riguarda il fare in fretta-»

«Oh!» annaspò quando la sollevai, prendendole quel

fantastico sedere tra le mani, finché non mi avvolse le gambe attorno alla vita.

«-ti farò venire su di me in circa trenta secondi.»

Era così piccola, così leggera, che mi chinai in avanti e la tenni premuta contro la parete, mentre mi liberavo.

«Sei ancora nuda sotto questo bellissimo vestitino?»

Annuendo, si morse un labbro e appoggiò la testa ai pannelli di legno alle sue spalle.

«Ti piace ancora il plug?»

Annuì di nuovo, arrossendo.

Quando trovai il suo calore umido, scivolando sopra le labbra gonfie che lei riteneva troppo grandi, gemetti e mi sfuggì un po' di liquido preseminale. Mi trovava sempre pronto a scoparla. E sentirla tutta gonfia e pronta per me era troppo. Il mio dito si scontrò con la base del plug. Non potevo attendere.

Facendola abbassare, mi scivolò dritta sul cazzo. Annaspò ed io mi chinai su di lei, baciandole il collo. «Ssh, Micina. Non far sentire a nessuno le tue urla.»

Ritrassi i fianchi, spingendomi in fondo.

«Ancora?» dissi, respirando il suo profumo delicato.

«Ancora,» sussurrò lei.

A quel punto non mi trattenni. Io e Jamison l'avevamo addestrata a venirci sull'uccello e la sua figa rispondeva in maniera bellissima a noi due. Conoscevo il suo corpo, conoscevo i punti dentro di lei che dovevo accarezzare per farla venire. E mirai ad essi, vi sfregai contro, finché non arrivò all'orgasmo. La sentii cominciare a spremermi, ad attirarmi a fondo dentro di sé, a cercare di tenermi più dentro possibile, come se il suo corpo bramasse il mio seme. Teneva le labbra strette e aveva le guance rosse, i gemiti soffocati.

«Ecco la mia brava ragazza.» Jamison mi aveva detto della parola che la faceva arrabbiare, del fatto che la facesse vergognare sentirsi considerare scandalosa, anche se non lo era affatto. Invece, la elogiavamo spesso, assicurandoci che sapesse di essere semplicemente perfetta.

Mi spinsi a fondo un altro paio di volte e la seguii fino all'orgasmo, riempiendola. Scarica dopo scarica di seme fino a quando non mi ebbe svuotato. Fino a quando il cervello non mi si spense ed io non potei fare altro che tenerle il sedere con una mano e appoggiarmi al muro con l'altra.

Non riusciva a scendere da sola. Io ero troppo alto e lei era ancora incastrata sul mio uccello. Delle piccole scosse post-orgasmo le facevano contrarre la figa ed io ero già pronto a ricominciare.

Ma la Micina aveva ragione. Una sveltina andava più che bene. Chiunque comprendeva la necessità di farsene una, ma qualsiasi cosa di più sarebbe stata da maleducati.

Piegai le ginocchia, posandola finalmente coi piedi a terra e facendole scivolare fuori il mio pene. Con l'orlo del vestitino ancora arrotolato in vita, non potei non notare il fiotto di sperma che le scivolò lungo la coscia.

«Non credo che siano passati trenta secondi,» disse lei.

Eh no. Sogghignai, sentendomi molto virile. «Stanotte, quando io e Jamison ti avremo tra di noi, ti prometto che durerà molto di più. Tutta la notte, se non ti facciamo perdere i sensi prima.»

Lei sogghignò. «Promesse, promesse,» replicò, utilizzando le stesse parole che aveva pronunciato la sera che l'avevamo presa per la prima volta. Sgattaiolò fuori dalla porta e lungo il corridoio fino al bagno, prima che io potessi rispondere. *Ammaliatrice.*

Mi risistemai i pantaloni, poi tornai nella sala da pranzo.

$\mathscr{B}$OONE

Jamison era seduto al suo posto, il tavolo vuoto senza più un singolo piatto della cena, e Sutton era chinato in avanti appoggiato sui gomiti. Sentivo il rumore della lavastoviglie provenire dalla cucina. Cord si era spostato su una sedia più vicina agli altri uomini, con Kady in braccio.

Jamison mi squadrò da capo a piedi e solo un leggero incresparsi dell'angolo della bocca mi suggerì che sapesse cosa avevo appena combinato con la Micina. «Sutton ci stava raccontando di un uomo che è venuto al ranch ieri.»

Mi immobilizzai mentre scostavo la mia sedia dal tavolo. «Oh?»

Sutton mi lanciò un'occhiata. Annuì. Aveva i capelli castani tagliati corti e riuscivo a vederci il segno lasciato dal cappello. Gli occhi erano scuri, intensi. Era silenzioso e calmo come Jamison, ma aveva dei modi un po' bruschi, come se avesse visto e vissuto avversità e orrori che l'avevano cambiato. E che lo facevano restare in silenzio. Per cui, quando parlava, Jamison lo ascoltava. Diamine, lo facevamo tutti.

«Ha detto di essere un perito.»

Riley rientrò dalla porta con un vassoio di brownie tra le mani e un tubo di panna montata spray stretto sotto il braccio.

«Tu sai qualcosa di un perito?» gli chiese Jamison.

Lui posò il vassoio al centro del tavolo e lanciò la panna a Cord, che la prese agilmente con una mano sola.

«No.»

«Mi ha mostrato il tesserino e mi sono scritto tutte le informazioni. È un pesce piccolo nell'oceano del petrolio.»

Merda. Non era una bella cosa.

Jamison inarcò le sopracciglia ed incrociò il mio sguardo mentre rispondeva. «Petrolio? Quale azienda?»

«Borstar. Ne avete mai sentito parlare?»

Scossi la testa mentre Jamison diceva, «A dire il vero, sì.»

Mi accigliai.

«La settimana scorsa,» spiegò lui. «Penny ha accennato al fatto di aver ricevuto una proposta di lavoro da parte loro. Tu eri al lavoro.» L'ultima frase era indirizzata a me.

«Un'offerta di lavoro con chi?» chiese la Micina.

Mi voltai quando lei fece ritorno, squadrandola da capo a piedi. Così fottutamente bella. Aveva le guance leggermente arrossate, ma a parte quello, non c'era traccia su di lei che indicasse che era appena stata scopata. Il vestitino casual era azzurro come i suoi occhi. Non era indecoroso; scollo e maniche erano come quelle di una t-shirt, ma le cadeva fino al ginocchio. Ed era perfetto per infilarvisi sotto in un attimo. Ora capivo perché Cord e Riley adorassero tanto vedere Kady con indosso dei vestitini.

Jamison allungò un braccio e la Micina andò da lui, che

glielo strinse attorno alla vita. Essendo lei così minuta, erano quasi alti uguali pur con lui seduto.

«Quando hai parlato con tua madre la settimana scorsa, hai accennato alla Borstar,» disse lui, la voce morbida e dolce come la usava soltanto con lei.

«Sì, è vero. Ho ricevuto offerte di lavoro dalla Borstar e da altre due aziende.» Si morse un labbro. «Una piccola ditta in Islanda e l'ultima non era un'azienda petrolifera, ma si occupa di ripulire il terreno esclusivamente per le aree iscritte al programma di pulizia governativo.»

Avevo sentito parlare di zone classificate pericolose e iscritte dunque al programma di pulizia governativo, come ad esempio la città di Shelby a un paio di ore a nord di Barlow, e di come al governo fosse richiesto di contenere i danni ambientali. Per quanto riguardava l'Islanda, ne sapevo ben poco. Non avevo mai nemmeno sentito parlare della Borstar.

«Sutton ha incontrato un uomo della Borstar, che si è presentato sul tuo terreno,» aggiunse Jamison.

Il tuo terreno. Effettivamente apparteneva a lei, a Kady e ad altre tre sorelle misteriose.

La Micina guardò Sutton. «Un perito,» ripetè lui.

«Dovrebbe controllare la topografia e le specifiche geografiche come fiumi o torrenti. Grandi formazioni rocciose, sporgenze, collinette.» Si accigliò, riflettendo, poi lanciò un'occhiata a Kady. «Tu non hai chiesto l'intervento di un perito?»

«Io?» Kady spalancò gli occhi sorpresa, poi rise. «Sono una ragazza della costa dell'est e non saprei distinguere una collinetta dalle mie tette. Ho a malapena imparato ad andare a cavallo.»

Jamison ridacchiò, accarezzando la guancia della Micina con le nocche. «È vero, quello che ha detto sul cavallo, ma sta decisamente migliorando in sella.» Addolcì la propria battuta con un occhiolino.

Vidi le guance della Micina arrossire, mentre fissava il pavimento.

«Allora, che ci fa qui? È in cerca di petrolio?» chiesi io.

«Si può semplicemente guardare un terreno e capire se ce ne sia?»

Io non mi occupavo del ranch degli Steele. Sebbene fossi nato e cresciuto a Barlow e mi considerassi un po' un cowboy, ero anche un tipo da città. Un dottore. Passavo le giornate al pronto soccorso a occuparmi di tutto, dall'influenza all'intossicazione da alcol, passando per gli arresti cardiaci. Un'esperienza del tutto diversa dall'andare a cavallo in giro per le praterie. Sebbene fossi amico di Jamison, non andavo spesso al ranch, magari un paio di volte all'anno se qualcuno dei ragazzi stava male. Per otto anni ero stato via, al college e poi negli ospedali da Chicago ad Austin per il mio tirocinio, e altri anni li avevo fatti di formazione per diventare medico.

«È possibile trovare macchie di petrolio filtrate in superficie. Improbabile, ma scientificamente possibile,» disse la Micina. «Ma si possono studiare le rocce, vedere se vi siano presenti degli idrocarburi.»

Si interruppe, guardandosi attorno. Sebbene nessuno di noi avesse lo sguardo vacuo, di certo stava affrontando un argomento troppo difficile per i nostri gusti. Se ne rese conto e guardò Sutton. «Aveva delle attrezzature con sé? Qualcosa per raccogliere rocce o campioni di terreno? Magari un macchinario simile ad un costosissimo metal detector?»

Sutton scosse la testa. «Aveva uno zainetto, nulla di più grande di ciò che un bimbo si porterebbe a scuola, con una bottiglietta d'acqua nel taschino laterale. Aveva il cellulare in mano, per cui magari stava facendo delle foto?»

«Di solito una ditta che ti voglia a lavorare con sé ti

manda un perito a casa,» dissi a voce alta. Non era finita. Sutton poteva aver mandato via quell'uomo, ma non era finita. Riuscivo a sentirlo.

«Magari nostro padre ha preso accordi con loro prima di morire?» si interrogò Kady a voce alta.

«Può essere, dolcezza, ma non ne abbiamo trovato traccia quando abbiamo ripulito il suo ufficio e vagliato i suoi documenti,» le disse Riley. «Non si accenna da nessuna parte ad alcuna locazione di diritti minerari o petroliferi. Per quanto ne so, questo terreno è inviolato. Se la Borstar avesse stretto un accordo con vostro padre, si sarebbero messi in contatto con me per riscuotere gli assegni dal momento che sono io l'esecutore. Quelli non si possono nascondere, né ci si possono evadere le tasse.»

«Vero,» concluse Kady scrollando le spalle.

Un vecchio accordo con Steele era un'idea plausibile, ma Riley aveva ragione. Avrebbe ricevuto una lettera dall'agenzia delle entrate, se ci fossero state tasse non pagate.

Sollevai il mento della Micina, incrociando il suo sguardo. «Penso che dovremmo fare una telefonata al tuo contatto in azienda e vedere che sta succedendo.»

Lei mi guardò. Si teneva un labbro tra i denti, chiaro segno che la sua mente brillante fosse al lavoro riflettendo su molto più che dei semplici idrocarburi. «D'accordo. Pensate che siamo in pericolo?» chiese, lanciando un'occhiata a Kady.

Le due sorelle si erano trovate per diverse uscite tra donne da quando si erano conosciute a casa mia. Senza dubbio Kady le aveva raccontato cosa le fosse successo.

Cord si teneva Kady in grembo con un braccio attorno alla sua vita. Sebbene notai il luccichio cupo nel suo sguardo al sentir parlare di quella possibilità, non c'era verso che avrebbe permesso che le accadesse mai qualcosa. Affatto.

«Per quanto mi sia sembrato piuttosto innocuo, quel tizio

potrebbe benissimo essere una minaccia. Chiamerò Archer,» disse Sutton, alzandosi.

Archer era lo sceriffo della città. Aveva avuto a che vedere con il caso dell'omicidio premeditato di Kady e sapeva che la cosa andava presa sul serio. Sebbene io e Jamison fossimo andati al liceo più o meno negli stessi anni in cui lo frequentava lui, era più amico di Sutton. Se mai avessero trovato una donna, l'avrebbero sicuramente condivisa. Un giorno.

«Avviserò anche i ragazzi, dicendo loro di fare attenzione,» aggiunse Sutton. Dopo il casino allo Sperone di Seta, di sicuro avrebbero tenuto gli occhi aperti. «Vi terrò aggiornati su quello che dirà Archer.»

Uomini strani che si aggiravano allo Steele Ranch non erano una buona cosa, specialmente quando le donne sembravano essere direttamente coinvolte. Non poteva trattarsi di una semplice coincidenza il fatto che la Micina avesse ottenuto l'eredità e la Borstar l'avesse seguita.

Fece un cenno col capo alle ragazze, poi si avviò in cucina a grandi passi dove i piatti erano ancora a lavare, facendo oscillare la porta avanti e indietro alle sue palle.

«La Borstar ha sede in Texas, credo,» disse la Micina. «I loro uffici sono chiusi a quest'ora della sera. Contatterò il responsabile delle risorse umane domani.»

«Domani.» Jamison si alzò, prendendosi la Micina in spalla e afferrando la panna montata dal tavolo davanti a Cord. «Questa la prendo io. Grazie per l'idea.»

Ignorò le proteste della Micina che chiedeva di essere rimessa giù, mentre usciva a grandi passi dalla stanza. Non si chiuse la porta d'ingresso alle spalle, sapendo che lo avrei seguito. Guardai gli altri, che sogghignavano. Sutton si sarebbe messo in contatto con Archer e gli altri sarebbero stati all'erta. Kady era al sicuro con i suoi uomini e la Micina sarebbe stata più al sicuro con noi. Specialmente tra di noi.

Ciò non significava che non si sarebbe preoccupata, ed ecco perché Jamison se l'era portata via. Voleva distrarla e sapeva esattamente come fare. Io non avrei potuto essere più d'accordo, specialmente dal momento che la nostra sveltina non era servita affatto ad alleviare la pressione nei miei testicoli. Erano già pieni di sperma per lei.

Feci spallucce e li seguii, con l'uccello duro a farmi da apripista.

14

PENNY

«Cos'è questo posto?» chiesi, posando una mano sul retro del sedile del passeggero, guardando fuori dal parabrezza. Jamison spense il furgone.

Dopo aver fatto colazione tardi al ristorantino in paese, ci eravamo diretti in macchina fuori città, nella direzione opposta allo Steele Ranch. Jamison aveva svoltato allontanandosi dalla strada principale cinque minuti fa, seguendo un sentiero sterrato per un altro paio prima di immettersi in un breve vialetto.

Ci trovavamo più vicini alle montagne, lì, l'ambiente era verde e lussureggiante. Sulla destra si trovava un fiume, con l'acqua che scorreva alta e impetuosa attraverso il canyon. Dritto di fronte a noi c'era una casa. Una vecchia fattoria a due piani. Rivestimento laterale in nette tavole di legno, una veranda frontale con dondolo, un tetto di metallo scosceso. Ricordava la casa nel dipinto dell'American Gothic,

solamente più grande. A giudicare dalle dimensioni, valutai
che dovesse avere almeno quattro camere da letto. Tuttavia,
era pittoresca e affascinante. Perfino da dentro il furgone,
aveva un'aria accogliente e vissuta. In lontananza, riuscivo a
vedere un'altra casa, per cui non era tanto isolata quanto lo
Steele Ranch.

«Qui è dove sono cresciuto.»

«La casa dei tuoi genitori?»

«Esatto,» disse Jamison, slacciandosi la cintura e
scendendo dal furgone.

Non ebbi nemmeno il tempo di togliermi la mia che lui
mi aveva già aperto la portiera per aiutarmi a scendere. Mi
prese per mano e mi condusse verso la casa, con Boone che ci
seguiva a ruota.

«Pensavo si fossero trasferiti in Alabama.»

«È così. L'ho acquistata io.» Inciampai a quelle parole e
Jamison si femò, abbassando lo sguardo su di me. Il cappello
gli metteva in ombra il viso. «Che cosa?»

«Hai questa bellissima casa, eppure vivi allo Steele Ranch.
Perché non abiti qui?»

Lui fece spallucce. «Stavo aspettando te.»

Riprese a camminare ed io lo seguii. *Stava aspettando me?*

«Non mi conoscevi nemmeno fino a circa un mese fa.
Come potevi aspettarmi?»

Aprendo la porta d'ingresso, la spinse e aspettò che
entrassi per prima. I pavimenti erano in legno, le pareti di un
leggero color crema. Direttamente di fronte a me c'era una
scala con un corrimano perfetto per scivolarci sopra. Sulla
sinistra si trovava un salotto formale, al centro un corridoio
che portava sul retro e sulla destra una sala da pranzo.
C'erano alcuni mobili, un divano e una grande libreria, una
credenza. Alle finestre erano appese delle tende. I pavimenti
erano spogli. Sembrava che i genitori di Jamison avessero
deciso di lasciarsi alcune cose alle spalle.

Con tutte le finestre chiuse, la casa era calda, l'aria leggermente stantia, ma gli interni erano immacolati. Sembrava che i proprietari fossero partiti solamente per un weekend invece che essersi trasferiti altrove.

«Questa casa è fatta per una famiglia,» mi disse Jamison, togliendosi il cappello e appendendolo sul palo centrale, come se l'avesse già fatto centinaia – migliaia – di volte. «Una grande.»

«Una che vogliamo costruire con te,» aggiunse Boone.

Mi voltai di scatto, sollevando lo sguardo su di lui. A differenza di Jamison, lui non indossava mai un cappello. Aveva i capelli così scuri, quasi neri, e sapevo esattamente che consistenza avessero sotto le mie dita. Si era fatto la barba quella mattina, ma un accenno di baffi sarebbe ricomparso nel giro di qualche ora. Indossava dei jeans e una maglietta col nome della sua scuola di medicina sul davanti. Casual, rilassato. Tuttavia, non lo sembrava affatto.

Era serio. Le sue *parole* erano serie.

«Volete che... cosa? Viviamo qui?»

Lui annuì.

«E casa tua?» Lanciai un'occhiata a Jamison da sopra la mia spalla. «O il tuo cottage allo Steele Ranch?»

«Quel cottage è per scapoli. È troppo piccolo per una famiglia,» disse lui. «Vivevo lì perché era più facile.»

«Possiamo stare a casa mia, se vuoi. Diamine, possiamo costruire una casa sui terreni dello Steele Ranch se lo desideri, ma questo posto... sono cresciuto venendo qui. Lo adoravo. Il rumore, il caos. C'era sempre qualcosa in una pentola sul fuoco e la casa aveva sempre un buonissimo profumo. Come di brasato.»

Non dissi nulla, mi limitai a far scorrere lo sguardo tra l'uno e l'altro. Volevano vivere lì. In quella casa. Era una prova tangibile – e lampante – del per sempre che volevano avere con me.

«Cosa sta succendendo in quel tuo bellissimo cervellino?» chiese Boone.

«Vi avevo creduto,» dissi io espirando forte. «Davvero. Ma questo... è reale. State dicendo sul serio.»

Jamison sbuffò. «Micina, dovrei sedermi sulle scale e prenderti sulle ginocchia per sculacciarti. Cosa pensavi stessimo facendo con te?»

«Be', um... conoscerci?» risposi io.

«Stavi per dire scopare,» sbottò Boone, incrociando le braccia al petto.

Io scossi la testa. «No. È più di quello.»

«Esatto,» confermò Jamison spostandosi per andarsi ad appoggiare al muro. Riconoscevo quella posa come rilassata, ma lui non lo era affatto. Quando era infastidito da qualcosa diventava più silenzioso, piuttosto che più agitato. «È più che scopare. È fare l'amore. Ti stavamo amando.»

Mi defluì via il sangue dal cervello e dovetti sedermi. *Amando*. Con gambe tremanti, andai verso le scale e mi sedetti sugli scalini di pino. Dovetti immaginarmi quante volte Jamison e i suoi fratelli fossero corsi giù da quei gradini per avere un po' di quel brasato.

«Non avevate mai detto-»

«Cosa?» chiese Boone, avvicinandosi e chinandosi di fronte a me così da guardarmi dritta negli occhi. «Che ti amiamo?»

Io annuii. Avevo gli occhi pieni di lacrime e le cacciai via sbattendo le palpebre; tuttavia, Boone era ancora una figura offuscata di fronte a me.

«Te l'abbiamo detto con ogni carezza, ogni abbraccio. Bacio. Con tutto ciò che siamo.»

A quel punto le lacrime mi scesero, calde, lungo le guance. Quando me le asciugai e sbattei le palpebre, Boone mi porse qualcosa.

Un anello.

«Oddio.»

«Possiamo andare al palazzo di giustizia, renderla una cosa legale, ma non farà alcuna differenza. Non per me.»

Jamison si scostò dal muro e venne fino ai gradini sedendosi accanto a me, fianco contro fianco.

«Un pezzo di carta non significa nulla.» Jamison si voltò, mettendomi una mano sul petto con il mignolo appoggiato alla curva del mio seno. Il suo tocco era rispettoso, non sessuale. «È ciò che c'è qui dentro che conta.»

Jamison si mise una mano nel taschino della camicia, tirandone fuori un anello a sua volta. Erano entrambi semplici, a fascia singola, nulla di lussuoso. Quello di Jamison era d'oro, quello di Boone di platino.

«Sposaci, Micina. Sii nostra moglie. Per amarti e onorarti e tutto il resto,» disse Boone.

«Figli. Tantissimi.»

«E brasato.»

«Tantissimo,» aggiunse Jamison, ed io non potei fare a meno di ridere.

Le lacrime scendevano ancora, ma avevo il cuore pieno di gioia. Non mi ero mai sentita così felice, così... completa.

«Io... Vi amo. Entrambi.»

Non avevo mai detto quelle parole, prima. Non c'era stato nessuno per cui avessi provato un sentimento abbastanza forte da essersele guadagnate. Da essersele meritate. *Pensavo* di amare mia madre. Avevo bramato la sua approvazione, il suo sostegno per tutta la mia vita. Avevo desiderato ardentemente che mi volesse bene. Ma dal momento che non avevo mai ricevuto il suo affetto, mai una volta avevo avuto la sensazione che mi volesse bene e mai gliene avevo voluto io di rimando.

Ma quello che aveva detto Boone era vero. Loro non me l'avevano detto a parole, ma mi avevano dimostrato il loro amore. In tutto ciò che facevano, in ogni sguardo, in ogni tocco. In ogni respiro.

«Sono queste le parole che desideravo sentirmi dire. In cui speravo. Ti ho aspettata, la donna che avremmo condiviso, amato e con cui saremmo invecchiati, per trentott'anni,» disse Jamison. «Ti amo anch'io.»

«Ah, Micina, ti amo anch'io,» aggiunse Boone. «Sposaci.»

Io annuii, la gola chiusa per via delle lacrime. Loro attesero, come sempre, con la loro infinita pazienza, che io mi ricomponessi. «Sì. Dio, sì, vi sposo.»

«Ti abbiamo rivendicata quella prima notte e sei nostra da allora. Quando ci siamo presi la tua verginità, ti abbiamo detto per sempre e lo intendevamo sul serio quando ti abbiamo riempita del nostro seme, del nostro bambino.» Boone fece scivolare l'anello al mio anulare sinistro.

Non sapevo di essere incinta. Non per certo. Ma lui credeva che avessimo fatto un bambino. Con tutto l'amore che c'era tra noi, non avevo dubbi che fosse possibile. Io non mi sentivo diversa, ma l'avremmo scoperto tra un paio di giorni.

Jamison mi prese la mano, infilandomi il suo anello così che entrambi fossero l'uno accanto all'altro. Prova che appartenevo ad entrambi.

«Sei nostra, Micina,» disse Jamison, con un tono che non ammetteva repliche. Mi prese per il mento, baciandomi.

Fu un bacio lunghissimo, sensuale e pieno di lingua. Gli infilai le dita tra i capelli e mi aggrappai a lui. Jamison si alzò, mi prese in braccio e mi portò su per le scale, senza mai interrompere il bacio. Dovetti chiedermi se sarei sempre stata trascinata nella camera da letto più vicina. Quando mi fece sdraiare su un materasso morbido, gli avevo ormai allacciato le gambe attorno alla vita, con le caviglie intrecciate sulla sua schiena.

Lui sollevò la testa ed io lo guardai negli occhi grigi. Vidi il calore e perfino il sorriso che vi si celavano. Adoravo il modo in cui gli angoli si increspavano, il modo in cui il suo sguardo si addolciva solo per me. «Quand'ero un ragazzino, sognavo di scoparmi una donna in questo letto.»

Le pareti erano di un blu tenue, il letto piccolo. «Questa è la tua camera da letto di quando eri piccolo?»

«Già,» replicò lui, facendo cadere lo sguardo sulla mia bocca.

«Sognavi di scoparti una donna in questo letto, o sognavi in questo letto di scopare?» domandai, cercando di chiarire.

Si immobilizzò, accigliandosi. «Decisamente entrambe le cose.»

Si erse in tutta la sua altezza, con Boone che si spostava per mettersi accanto a lui. Rimasero lì sopra di me mentre io me ne stavo sdraiata sulla schiena. Enormi uomini virili con dei palesi rigonfiamenti nei jeans. E quelle erezioni erano tutte per me. Conoscevo la sensazione che mi davano nella mano, il sapore che avevano nella mia bocca e come mi facessero sentire affondate nella mia figa.

«Sei la fantasia di qualsiasi uomo, ma sei nostra,» disse Boone. «Ed è arrivato il momento di rivendicarti insieme.»

Inarcai la schiena, contraendo la figa. «So che mi avete presa appena la scorsa notte, ma sì, voglio di più. Sono... insaziabile con voi due.»

Boone si chinò, posò le mani ai lati della mia testa e mi baciò. Baciava in maniera diversa da Jamison. Più insistente, più deliberato, ma in qualche modo più delicato. Aveva anche un sapore diverso. Mi piacevano entrambi e avevo bisogno di entrambi per sentirmi completa.

«Ciò significa che ti prenderai entrambi i nostri uccelli. Io ti penetrerò da dietro, prendendomi quell'ultima verginità, mentre Jamison ti scoperà quella dolce figa.»

Gemetti al pensiero. Adoravo i giochi anali. Adoravo il fatto che usassero le dita e i plug su di me. Dio, averlo tenuto dentro la sera prima durante la grande cena di gruppo era stato eccitantissimo. Era come se avessimo condiviso un oscuro segreto che solamente noi tre conoscevamo. Era una cosa intima. E la sensazione? Squisita. A quanto pareva, mi faceva venire. Con forza. E il pensiero dell'enorme uccello di Boone a fondo dentro di me, proprio lì... Mi agitai.

«Sì, vi prego. Lo voglio, tanto.»

Mi baciò ancora una volta, la mano libera che correva ai bottoni della mia camicia, slacciandoli tutti e aprendo con destrezza il fermaglio frontale del reggiseno. Scostò da parte il pizzo con il naso e posò la bocca sul mio capezzolo, strattonandolo con forza in quel modo che sapeva piacermi. Fu come se le sue azioni stessero inviando un messaggio diretto alla mia figa dicendole di bagnarsi tutta.

Il cellulare di Jamison squillò e, un attimo dopo, anche quello di Boone.

Lo guardai stringere la mascella e chiudere per un istante gli occhi.

«Che c'è?» ringhiò Jamison, mentre il cellulare di Boone squillava ancora.

«Sì, è con me. Anche Boone.» Si interruppe un attimo. «Chi? Stai scherzando, cazzo.»

Boone incrociò il mio sguardo prima di alzarsi. Il suo cellulare aveva smesso di squillare, molto probabilmente perché chiunque stesse parlando con Jamison sapeva che eravamo tutti insieme.

Rimasi lì sdraiata, la camicetta aperta, a guardare Jamison che mi fissava mentre ascoltava la telefonata.

«Arriviamo tra una mezz'ora.»

Terminò la chiamata.

«Che succede?» chiesi io.

«Hai una visita allo Steele Ranch.»

Mi accigliai. «Kady?»

Jamison scosse lentamente la testa. «Era Sutton. Una

donna si è presentata al ranch con un manipolo di uomini in giacca, cravatta e occhiali da sole.»

Saltai giù dal letto, le dita che correvano a sistemare reggiseno e camicia. Nulla mi faceva perdere interesse nel farmi scopare da entrambi i miei uomini allo stesso tempo. Nulla tranne quello. «Mia madre. Mia madre è qui.»

15

J AMISON

Non capita spesso che un uomo perda l'erezione per colpa di un membro del Parlamento. Speravo si trattasse della prima ed ultima volta. Mentre guidavo lungo l'infinito vialetto polveroso dello Steele Ranch, lanciai un'occhiata allo specchietto retrovisore, controllando la Micina. Se n'era stata in silenzio a guardare fuori dal finestrino per tutto il tempo. Il rapporto con sua madre aveva superato il limite ed io speravo che questa sarebbe stata la resa dei conti che io e Boone attendevamo.

Un genitore doveva tagliare il fottuto cordone ombelicale, prima o poi, ma dal momento che Nancy Vandervelk ancora non lo aveva fatto – l'esempio perfetto del genitore assillante – forse presumeva di poter tenere sotto controllo anche la figlia ormai adulta. La Micina le aveva permesso di farlo. Fino a quel momento.

Adesso, aveva noi. Aveva il potere del nome Steele, sebbene non fosse legalmente suo. Aveva l'appoggio di Kady, Riley e Cord. Degli altri uomini al ranch. Aveva una famiglia. Non una di sangue, ma un gruppo di persone che tenevano davvero a lei e al suo benessere.

E aveva i soldi. Soldi per vivere la propria vita dove voleva, come voleva. E quando l'avremmo portata al palazzo di giustizia per unirci legalmente in matrimonio, avrebbe assunto il cognome di Boone. Ciò che non sapeva era che anche lui era ricco sfondato. Nel suo passato c'erano dei soldi della Copper King. I suoi antenati di Butte avevano fatto una fortuna nella corsa al rame del 1800 e le generazioni successive erano state abbastanza furbe da investire quei soldi, facendoli aumentare. Sapeva cosa volesse dire avere una donna interessata al suo conto in banca e nascondeva bene la propria ricchezza. Alla Micina non importava affatto dei soldi. Non le era importato fin dall'inizio.

Tuttavia, l'aveva messa alla prova quella prima sera alla stazione di servizio, per vedere se fosse più interessata ad avere una Ferrari in garage piuttosto che qualunque altra cosa. Lei aveva superato il test e aveva così conquistato subito il cuore di Boone.

Non le servivano i soldi di sua madre per vivere. Se Nancy Vandervelk aveva intenzione di fare la stronza dal cuore di pietra, allora la Micina poteva rimandarla da dove era venuta.

Io avevo una madre. E anche Boone. Entrambe erano impazienti di prendere il primo volo per venire a conoscere la nostra Micina, abbracciarla e non lasciarla più andare.

Quell'incontro, però, e tutto il resto, stava alla Micina. Se non fosse stata pronta ad affrontare sua madre, sarei rimasto deluso, ma sarei stato paziente. La famiglia era meravigliosa, ma richiedeva molto in quanto ad emozioni.

Tutto ciò che importava era che la Micina fosse felice e al

sicuro. E che il lavoro di Nancy Vandervelk la tenesse a due fusi orari di distanza.

Parcheggiai accanto alla casa principale; c'erano due SUV neri identici parcheggiati sul davanti e non avevo intenzione di bloccar loro l'uscita. Se avessero voluto andarsene, e portarsi via la Malvagia Strega dell'Est con sé, non avevo intenzione di fermarli. Sui gradini della veranda c'erano due uomini in giacca e cravatta, mentre la donna stessa e il resto del suo entourage non erano in vista.

Lanciai un'occhiata alla Micina da sopra la mia spalla.

«Pronta?»

Boone si slacciò la cintura, voltandosi. «Possiamo andarcene. Jamison può girare il furgone e puntare dritto via da qui. Può essere venuta fino a qui, ma non vuol dire che sei obbligata a vederla.»

Lei ci sorrise. «Vi ringrazio. Ma non sarebbe venuta fin qui, se non fosse stata una cosa importante, almeno per lei. Non si tratterrà.»

Le conseguenze avrebbero potuto perdurare, però.

«Fidatemi di me. Le piace l'asfalto.» Aprì la portiera e noi la seguimmo, standole accanto mentre lei faceva il giro della casa. «Facciamola finita.»

***

PENNY

Erano passati sedici giorni dall'ultima volta che avevo visto mia madre. Sì, ne sapevo il numero esatto. Sin da quando avevo dieci anni, ero stata separata da lei più di quanto non ci fossi stata assieme, per cui non si trattava di nulla di nuovo. Tuttavia, io lo ero. Nuova, intendo.

Non ero la stessa donna che era arrivata in auto al ranch

con tutti i miei effetti personali nel bagagliaio. Ora sapevo di essere davvero una Steele. Non assomigliavo affatto a mio padre – né a mia madre, se è per quello – ma avevo il suo spirito. Lo sapevo, lo sentivo nel ranch. La libertà, gli spazi aperti, le opportunità di crescita, di essere ciò che volevo. Non era soffocante o limitativo. Era tutto astratto. Proprio come i miei sentimenti per Jamison e Boone. L'amore che provavo per loro non era misurabile, non era una *cosa*. Esisteva, senza essere visibile. Sapevo che loro mi amavano. Sapevo che ci sarebbero stati per me, sempre e in qualunque occasione. Ad alleviare i miei problemi, perfino a prendersene carico per conto mio.

Sentivo il peso dei loro anelli alle mie dita. Non ero abituata a quella sensazione, a quella vista, ma era un promemoria di quell'amore. Un promemoria *tangibile*. Così come il bambino che molto probabilmente stava crescendo dentro di me.

«Eccoti,» disse mia madre, uscendo in veranda, i tacchi che risuonavano contro le assi di legno. Indossava uno dei suoi tailleur autoritari, come se fosse appena uscita da una riunione del comitato e non dalla porta d'ingresso di una casa di un ranch a Barlow, nel Montana. I suoi capelli scuri erano perfettamente acconciati, il trucco leggero e impercettibile.

Sutton la seguì, ma rimase sulla porta. Non sembrava felice, ma era sempre così. Probabilmente era la persona migliore per restarsene in attesa assieme a mia madre, perché sarebbe stato in grado di resistere a qualsiasi interrogatorio lei avesse cercato di inscenare. Di tutti gli uomini al ranch, lui sarebbe sopravvissuto indenne. Patrick e Shamus sarebbero già stati in lacrime, a quest'ora.

«Eccomi,» replicai io, in tono neutro.

Restai al fondo dei gradini. Sebbene lei avesse il vantaggio dell'altezza, non avevo motivo di avvicinarmi. Dopotutto, non ci abbracciavamo. E i suoi bodyguard le stavano ai lati. Sembrava inavvicinabile, non altezzosa come voleva lei. Lo sembrava solamente quando io le permettevo di avere quel vantaggio su di me. Ora non più.

«Cos'è quel completo ridicolo che indossi?»

Se ne stava lì in piedi, le mani conserte di fronte a sé, gli occhi che mi scrutavano da capo a piedi.

Io non abbassai lo sguardo sulla mia camicetta, la gonna di jeans e gli stivali da cowboy che adoravo tanto.

«Sono sicura che tu abbia conosciuto Sutton,» dissi, senza rispondere alla sua domanda, alla sua provocazione.

Piegò la testa verso di lui, ma non si guardò indietro. «Sì.»

«Lascia che ti presenti Jamison.» Sollevai una mano verso di lui, poi indicai Boone. Loro restarono circa mezzo metro alle mie spalle. «E Boone.» Non le dissi altro su di loro. Meno sapeva, meglio era, e dubitavo che le importasse, comunque.

«Come sono pittoreschi.»

Appunto. «Di cos'è che vuoi parlare, Mamma? Di certo non sei venuta fin qua per il paesaggio.»

Increspò le labbra, irritata dal mio sarcasmo. «Potresti almeno invitarmi in casa tua.»

«Posso offrire a te e al tuo plotone di sicurezza qualcosa da bere?»

«No, grazie. Ci ha già pensato Sutton.»

Roteai mentalmente gli occhi.

«Mamma, mi hai sottratta ad una cosa importante con la tua visita inaspettata. Ti prego di dirmi perché ti trovi qui.»

Assottigliò lo sguardo. Riconobbi quell'espressione. L'avevo vista abbastanza spesso. Era irritata dalla mia mancanza di interesse per la sua presenza.

«Magari potremmo avere un po' di privacy.»

A quel punto sospirai. «Vorresti che congedassi i miei amici, quando i tuoi bodyguard stanno qui a sentirci? Non penso proprio. Io non ho nulla da nascondere. La domanda è: e tu?»

Girò i tacchi e superò Sutton entrando in casa, con le due guardie di sicurezza che la seguivano. Sutton rimase dov'era ed io gli rivolsi un piccolo sorriso, mentre gli passavo accanto. Sentii gli stivali di Jamison e Boone sui gradini e seppi che mi stavano seguendo.

Trovai mia madre in sala da pranzo, seduta a capotavola come se si fosse trattato della sua sala conferenze e lei fosse al comando. Rimasi in piedi, le mani posate sullo schienale di una sedia all'altro capo del tavolo.

Le guardie rimasero in salotto, tenendosi nei paraggi nel caso in cui avessi dovuto decidere di saltare dall'altra parte del tavolo per fare del male alla loro affidata. Boone, Jamison e Sutton entrarono tutti nella sala da pranzo, presero delle sedie e vi ci sedettero. Tre enormi cowboy, con i cappelli posati sul tavolo di fronte a loro, pronti ad ascoltare.

Mia madre inarcò un sopracciglio curato, poi disse: «Mi hai detto di aver rifiutato le offerte di lavoro che hai ricevuto.»

«È vero.»

«Perché?»

«Non volevo vivere in Islanda.»

Sollevò una mano, agitandola leggermente come a mettere da parte l'Islanda.

«L'azienda a Charlotte non mi sembrava idonea,» proseguii io.

«Ma quella con la Borstar sarebbe molto più adatta. Potresti portare a termine la tua tesi e avere un lavoro. Sono certa che sarebbero piuttosto flessibili, con qualcuno con le tue capacità.» Intrecciò le mani curate sul tavolo.

La osservai attentamente. Rimasi in silenzio. La valutai. Aveva fatto più di mille chilometri per qualcosa di importante. Qualcosa di importante per *lei*. Non le importava di me. E *decisamente* non le importava di Aiden Steele. Voleva cancellarlo dalla propria vita. Probabilmente anche me, tranne che per il fatto che io per lei valevo qualcosa. Non affetto. *Valore*.

Riuscivo a dedurre così tante cose dalle sue parole. Tutto, in effetti. Era così palese, ormai. Risi, guardando la donna che mi aveva partorita. Era come se avessi avuto bisogno di un paio di occhiali e finalmente li avessi indossati. Era tutto chiarissimo.

«Sono stata mandata in collegio per uscire dalla tua vita.»

«Non è vero,» ribatté lei. «È stato per fornirti l'educazione migliore, vantaggi che altri bambini non avrebbero mai nemmeno potuto sognarsi.»

Una vita priva di amore, un'infanzia che nessuno avrebbe desiderato.

«I tuoi soldi hanno dato frutto. Sono abbastanza intelligente da capire cosa sta succedendo.»

Rimase in silenzio. Composta.

«Sapevi dell'offerta di lavoro della Borstar. Ora mi resta da chiedermi come ho ottenuto quel lavoro, se grazie a te o grazie alle mie capacità.»

Scrollò impercettibilmente le spalle, ma se possibile le si irrigidirono ulteriormente.

«Un perito della Borstar si è presentato qui l'altro giorno. Che accordi avete preso?»

«Non so di cosa tu stia parlando,» rispose lei, un po' troppo in fretta. «Non ti ho cresciuta insegnandoti a parlarmi così.»

«Non mi hai cresciuta. La Chapman Academy l'ha fatto.»

Feci un passo indietro, voltandomi e mordendomi un labbro. «Tu fai parte del Comitato per l'Energia e il Commercio.»

«Il sottocomitato per l'ambiente, per essere esatti,» chiarì Boone.

Tutti gli sguardi si spostarono su di lui. Era chiaro che avesse esaminato più lei che me nelle sue ricerche online.

«Io sono stata al college per cinque anni,» proseguii. «Ti ci è voluto tutto quel tempo per sistemarti a dovere nel Parlamento e la Borstar ti ha dato una mano. Quanti soldi hanno investito nella tua campagna?»

Mia madre si alzò di scatto, facendo stridere la sedia sul pavimento. «Penelope-» Il suo tono era carico di riprensione. Di rabbia. Tuttavia, mantenne il controllo. A malapena.

La interruppi agitanto una mano. «In cambio, gli hai dato me.» Mi bloccai, analizzando i fatti. «Inizialmente è stato così. Ma poi ci hai messo di mezzo lo Steele Ranch per cosa, alzare la posta? Hai scoperto come sfruttare a tuo vantaggio la sveltina con Aiden Steele.»

Trasalì con falso sdegno.

«Il perito è venuto qui – quanto, un giorno in anticipo? – perché tu hai detto loro che avrei lavorato per la Borstar. Che una volta che fossi stata assunta, avrebbero avuto accesso alla mia eredità. Terreno di prima scelta per gas e petrolio.»

Arricciò le labbra, ma rimase in silenzio.

«Non ho intenzione di accettare il lavoro. Non completerò quella stupida tesi.»

Assottigliò lo sguardo. «Tu farai come ti viene detto di fare.»

Boone e Jamison si ersero in tutta la loro altezza, incombendo tanto su di me quanto su mia madre. Forse era quello il DNA che avevo ereditato da lei. La bassa statura.

«Io resto qui, a Barlow.»

A quel punto lei rise, ma era una risata intrisa di sarcasmo. «E cosa farai? Conserve con le verdure dell'orto?»

Feci spallucce. «Magari andrò in cerca di petrolio. Di certo me la so cavare in quel campo. Ma tu lo sai bene perché era il tuo piano, instradarmi in quell'area di studi. Tutto per questo momento, in cui avresti avuto bisogno di qualcuno dalla tua parte nel settore.»

Farfugliò, poi si interruppe. Trasse un respiro profondo. «Ti ricordi cosa ho detto che sarebbe successo, se non avessi seguito le orme dei Vandervelk?»

Annuii, sorridendo. «Oh sì. Mi avreste tagliata fuori. Consideralo fatto.» Allungai un braccio, indicando. «Quella è la porta. Non ho bisogno di te. Non ho bisogno dei tuoi soldi. Di certo non ho mai avuto il tuo affetto.»

«Che cos'hai in questo posto abbandonato da Dio?»

Lanciai un'occhiata a Jamison e Boone. «Tutto.»

Lei seguì il mio sguardo, lasciandolo scorrere su Boone come se avesse avuto di fronte un selvaggio. «Hai trovato l'amore con un cowboy? Ha almeno dieci anni più di te.» A quel punto rise. «Cosa se ne farebbe di una bambina come te? Oh, certo, ti viene dietro per i soldi, per l'eredità. Se non altro i miei interessi riguardano il bene del Paese. Il mio rapporto con la Borstar permetterà all'America di fare meno affidamento sulle risorse di energia esterne.»

«No, il tuo rapporto con la Borstar ti riempirà le tasche di soldi e ti assicurerà un posto in politica. Nulla più. A te non frega un cazzo dell'America. Non te ne frega un cazzo di niente e di nessuno a parte te.»

A quel punto, spalancò la bocca. Le cadde praticamente a terra. Non le avevo mai parlato in quel modo, non avevo mai detto parolacce.

«Quindi, te ne andrai a vivere con un vecchio cowboy. Tutta quell'educazione non sarà servita a niente. Sei uno spreco.»

Boone fece un passo verso mia madre, ma non la toccò. Riuscivo a vedere la rabbia ribollirgli in corpo. «Non ho mai picchiato una donna, ma le cose potrebbero cambiare oggi.»

Mia madre sbiancò. «Come osa-»

«Non le permetto di parlare a mia moglie in quel modo.»

«Moglie?» sbottò lei.

Io sollevai la mano sinistra, mostrandole gli anelli che avevo alle dita. Sebbene Jamison se ne stesse in silenzio, sapevo che era pronto a buttarla fuori dalla porta, se solo gli avessi dato il via libera.

«Sei un'idiota! Adesso possiede metà della tua proprietà.»

«Non credo di essermi presentato ufficialmente. Sono Boone Montgomery. Dei Montgomery di Butte.» Quando mia madre non battè nemmeno ciglio, proseguì. «Non ha mai sentito parlare di me?»

Lei scosse la testa, sminuendolo. Nemmeno io avevo idea di chi fossero i Montgomery di Butte, ma non mi importava davvero di chi fosse la sua famiglia. A giudicare da mia madre, non era la famiglia a definire una persona. Io volevo solamente Boone.

«No? Allora magari ha sentito parlare di Nathan Mongomery, Giudice Capo del Tribunale Distrettuale del Distretto della Colombia degli Stati Uniti d'America. È mio zio. Credo si trovi dalle sue parti. E poi c'è Jed Montgomery, ma lui risale a qualche anno addietro. È stato senatore del Montana nel 1924. E poi c'è stato suo padre, Garrison Montgomery, che fu uno dei grandi Copper Kings. Avrà sentito parlare di loro. Avevano più soldi loro dei Rockefeller, ma erano solo pochi spiccioli. Sono passati più di cento anni e sono sicuro che quel capitale sia aumentato di molto, ormai. Sono nomi abbastanza importanti, per lei, o vuole che risalga ancora più indietro nel mio albero genealogico?»

Mia madre tirò su col naso. «Dunque Penelope l'ha sposata, dopo due settimane? Deve desiderarla per tutti quei soldi.»

«Allora, sono io che le vado dietro per i soldi o lei?» domandò Boone. Quando mia madre si rese conto di essersi ingarbugliata da sola, Boone si rilassò e sorrise. «Pensa che mi venga dietro per i miei soldi? Per piacere. Mi desidera per via del mio grande uccello.»

Io mi strozzai. Jamison scoppiò a ridere forte. Sutton increspò le labbra nella sua versione di un sorriso.

«Mi pare abbastanza,» replicò aspramente mia madre.

«Ha ragione. Abbiamo finito.»

Lei mi lanciò un'occhiata dall'altra parte del tavolo, ma non disse nulla.

«Di' alla Borstar di tenersi alla larga dalla mia proprietà, o li farò arrestare. E anche tu. Non sei la benvenuta, qui. Inizialmente pensavo fossi stata tu ad allontanarti da mio padre. Il mio *vero* padre. Ma ora sono certa che sia stato lui ad allontanarsi da te. Cos'eravate, ubriachi? È così che ti ha messa incinta?»

Scossi la testa, quando lei arricciò a tal punto le labbra che sembrò stesse succhiando un limone. Arrossì leggermente, ma non fece commenti. Non aveva importanza. Non volevo davvero sapere della sua sveltina.

«Se tornerai, o se ti metterai in contatto con me, io parlerò,» aggiunsi. «Della Borstar. Di Aiden Steele.»

«Andrai in rovina,» disse lei. Sebbene fosse tanto baldanzosa, riuscivo a vedere le sue pareti di potere crollare in frantumi.

Lentamente, scossi la testa. «Non, non io. Tu. Addio, Madre.»

Feci il giro del tavolo, mettendomi tra Jamison e Boone.

Lei mi rivolse un'ultima occhiata sprezzante, poi si voltò e se ne andò. Il plotone di sicurezza la seguì. Noi non ci muovemmo fino a quando i SUV non accesero i motori e non se ne andarono, il rumore che scompariva nell'aria d'estate.

«Non hanno nemmeno chiuso la porta d'ingresso,»

commentò Sutton. Si alzò, prese il proprio cappello e uscì, chiudendosi la porta alle spalle.

«Stai bene, Micina?» mi chiese Jamison, avvicinandosi a me e mettendomi le mani sulle spalle, chinandosi così da incrociare il mio sguardo con i suoi occhi grigi.

Io sorrisi. Radiosa. Mia madre se n'era andata. Per sempre. «Alla grande.»

Lui sorrise. «Sì, è vero.»

«Hai detto a quella donna di aver interrotto una cosa importante.»

Pportai lo sguardo su Boone. «Sì, esatto.»

«Oh, e di cosa si trattava?» domandò lui.

Apparentemente soddisfatto del fatto che non fossi sul punto di scoppiare in lacrime per via di quel confronto, Jamison si erse in tutta la sua altezza, incrociando le braccia al petto. In attesa.

«Non di Scarabeo.»

*B*OONE

«Hai davvero uno zio che fa il giudice?» mi chiese la Micina, mentre io le slacciavo i bottoni della camicetta. Di nuovo.

Questa volta, se anche la casa avesse preso fuoco, non mi sarei fermato.

«Per essere una scienziata, non hai eseguito tante ricerche.» Le stavo rispondendo, ma non avevo più sangue nel cervello per processare le idee. Mi era finito tutto nelle mutande alla vista della Micina in reggiseno. Jamison era inginocchiato alle sue spalle e la stava aiutando a sfilarsi la gonna, tenendola in equilibrio, mentre lei ne tirava fuori i piedi. Si alzò. Adesso se ne stava di fronte a noi in un completo d'intimo coordinato in pizzo nero e gli stivali da cowboy. E i nostri anelli.

«Cazzo, Micina,» disse Jamison, passandosi una mano sulla bocca. «Sei la cosa più eccitante che abbia mai visto.»

«Spogliati o quelle mutandine faranno una brutta fine,» ringhiai io. Ormai ero troppo fuori di me per fare il tenero.

Mi era capitato di essere interrotto durante un momento intimo da un genitore, quando ero adolescente. Ma lì era stato al liceo. Mi facevano male i testicoli per essere stato costretto a perdere del tempo ad occuparmi della Parlamentare Vandervelk. E adesso, con la Micina che si slacciava il reggiseno e vedendo i suoi seni pieni sobbalzare una volta liberati, gemetti. Sapevo che sensazione davano, che gusto avessero. Guardai i suoi piccoli capezzoli indurirsi sotto il mio sguardo.

Jamison mi lanciò un'occhiata, poi tornò a fissare il suo seno. «Uno per ciascuno.»

Mi piaceva come la pensava.

A quel punto ci spostammo su di lei. Lei indietreggiò di un passo, poi di due, fino a quando con andò a scontrarsi con il letto di Jamison e vi cadde sopra sedendosi sul bordo del materasso. Ci eravamo spostati nel suo cottage - non avevamo intenzione di scoparcela nella casa principale. Volevamo privacy, e molta, visto ciò che stavamo per fare.

Jamison tornò ad inginocchiarsi e le mise addosso la bocca, succhiandole un capezzolo abbastanza forte da incavare le guance. Lei gli intrecciò le dita tra i capelli, mentre lui chiudeva gli occhi.

Io mi unii a Jamison, posandole una mano sull'altro seno e divorandole l'altro capezzolo. «Sono ricco, Micina,» dissi prima di chiuderle le labbra attorno alla punta, sfregandovi i denti.

«Non m'importa dei tuoi soldi.»

«Ne sei certa?» domandai, sollevando lo sguardo su di lei e vedendo che aveva gli occhi chiusi e le labbra aperte. Le guance erano arrossate e quel colore rosato si stava espandendo al collo e fin quasi alle nostre bocche.

«Non sapevo nemmeno che ne avessi fino a poco fa.»

Annaspò, lasciando cadere una mano sulla mia testa, intrecciando le dita nei miei capelli e strattonandoli. «Dovrei... dovrei risentirmi, ma non è così.»

Scostammo le bocche, quella di Jamison con un forte schiocco. Aveva i capezzoli arrossati, luccicanti della nostra saliva.

«Perché no?» le chiesi.

Lei aprì lentamente gli occhi e spostò la mano per accarezzarmi la mandibola. Sorrise, così dolce, così pura. Il suo sguardo chiaro rimase fisso nel mio. «Perché mi interessa solamente il tuo grosso uccello.»

Risi, sporgendomi per baciarla. E baciarla.

«Ehi!» esclamò Jamison. «E io e il mio grosso uccello?»

Mi ritrassi. La Micina si sporse verso Jamison e anche lui si avvicinò per baciarla. «Sì, anche tu e il tuo grosso uccello. Amo entrambi i vostri cazzi allo stesso modo.»

«Bene, perché ti scoperemo insieme,» aggiunse Jamison. Si alzò e cominciò a spogliarsi. «Il lubrificante è nel cassetto, Boone.»

Mi spostai per andare a prenderlo, gettandolo sul letto. Ne avremmo avuto bisogno. Molto. Mi sarei preso il suo ano vergine, ma l'avrei fatto con prudenza. Adorava i giochi anali e sapevo che avrebbe adorato questo. La Micina era così fottutamente passionale, così sessualmente reattiva. Sarebbe venuta, e con forza.

Jamison si lasciò cadere sul letto accanto a lei, le ginocchia piegate e i piedi a terra. Aveva il pene duro che puntava dritto in alto. Piegò un dito e la Micina gli si avvicinò, salendogli a cavalcioni in grembo, gli stivali da cowboy sexy come non so che cosa. I seni le pendevano verso il basso, sfiorando il petto nudo di Jamison.

Adoravo vedere il pizzo nero sul suo sedere, ma doveva sparire. Afferrandone l'elastico in vita, lo strattonai con attenzione, strappandone il tessuto delicato fino ad averne due pezzi in mano. Lei trasalì, ma non disse nulla, mentre lo guardava cadere a terra.

«Ti avevo avvisata, Micina.»

A quel punto Jamison si mosse, posandole una mano su un fianco e l'altra tra le cosce divaricate, scivolando dentro e fuori, testando quanto fosse pronta.

Da dove mi trovavo riuscivo a vedere bene quanto fosse bagnata, il modo in cui le sue dita le uscissero dalla figa ricoperte del suo dolce miele appiccicoso.

«Ti prego, Jamison. Sono pronta.» Lei spinse i fianchi in avanti così da farlo scivolare fuori. Mettendogli una mano sulla spalla, gli afferrò la base del pene e si abbassò su di lui. «Non ho bisogno di venire prima. Ho bisogno di averti dentro. Subito.»

Jamison non rispose, molto probabilmente perché la Micina lo teneva letteralmente per le palle. Tuttavia, si era fatta entrare dentro la punta larga e lui gemette. Sapeva che era pronta e non aveva intenzione di discutere. Voleva entrare.

Anch'io, ma dovevo attendere. La sua figa poteva essere pronta per un cazzo, ma il suo ano non lo era. Non ancora. Afferrai il lubrificante, ne aprii il tappo e me ne versai un po' sulle dita. Guardai la Micina scoparsi Jamison, prendere il suo pene fino in fondo per poi risollevarsi. Guardai il modo in cui il suo ano vergine mi faceva l'occhiolino ogni volta che, sapevo, lei contraeva la figa.

Era il momento. Mi spostai verso di lei, facendole scivolare le dita unte addosso. Era arrivato il momento che lei ci unisse come una cosa sola. La persona che avrebbe potuto renderci una famiglia.

La nostra Micina.

JAMISON

Non ero sicuro di essere in grado di resistere. Trovarmi dentro la Micina, che mi cavalcava l'uccello, sfruttandolo per il suo piacere, mi faceva uscire liquido preseminale a fiotti. Era come se avessi avuto troppo sperma nei testicoli e dovessi farne uscire un po'. Lei era così fottutamente bagnata che non le serviva affatto per prendermi fino in fondo. No, scivolava giù dritta in un'unica mossa.

Il modo in cui aveva gestito sua madre me l'aveva fatto venire duro. Folle, davvero, ma era stato così. Era intelligente, una cazzo di dominatrice e fottutamente bellissima. Ero così fiero di lei, così follemente innamorato, che stavo perdendo la testa. E vedere i nostri anelli alle sue dita era stata la mia fine. Ci apparteneva. Non c'era bisogno di documenti legali. Solamente le sue parole, il suo amore. Gli anelli ne erano una prova fisica. Il mio pene affondato dentro di lei un'altra. E presto, Boone si sarebbe unito a me dentro di lei. Le avremmo dimostrato che lei era tutto, il centro del nostro mondo.

Le afferrai un fianco morbido e una tetta florida, stringendola nella mano e massaggiandola mentre si muoveva.

Il rumore del tappo del lubrificante che si apriva mi fece ringraziare ogni santo in circolazione. E quando Boone si chinò su di noi e cominciò a preparare il suo ano per lui, lei si immobilizzò, chinandosi in avanti. Io ne approfittai per sollevare la testa e riprenderle un capezzolo in bocca, succhiandolo. Forte. Abbastanza forte da farle contrarre ritmicamente la figa attorno a me.

Avevo la fronte sudata. Lei si muoveva appena, ruotando solamente i fianchi. Sarei morto. Ucciso non dagli artigli della Micina, ma dalla sua dolce passera.

Lei gemette, gli occhi che si spalancavano mentre rilassava il collo, lasciando cadere la testa e formando una tenda con i capelli di seta che ci circondò entrambi. Sapevo che Boone se la stava lavorando, aprendola delicatamente con più che solo un dito. Due, magari perfino tre.

«Verrai, Micina, solo grazie a questo. Grazie a Boone che ti allarga quel tuo bell'ano e tu che mi cavalchi l'uccello. E mentre verrai, Boone ti riempirà per bene. Ci avrai entrambi, dentro fino in fondo.»

Tenni la voce bassa, piatta. Promesse allettanti. Lasciai cadere entrambe le mani sui suoi fianchi, mentre allargavo le gambe, facendola aprire per Boone.

Presi il comando, sollevandola e abbassandola mentre impennavo i fianchi, scopandola in piccole mosse, facendo arrivare le dita di Boone sempre più in fondo. Riuscivo a sentirlo attraverso la membrana sottile che ci separava.

La Micina chiuse gli occhi e tutto il suo corpo si ammorbidì, mentre si concedeva a noi del tutto. Incrociai lo sguardo di Boone da sopra la sua spalla. Si stava trattenendo a malapena. Annuì ed io mi spinsi leggermente più a fondo, stringendo i denti di fronte a quella sensazione squisita. La sensazione di lei. «Sei bellissima, ecco. Vieni.»

PENNY

Non ci stavo più con la testa. Col corpo. Sentivo le loro mani, i loro uccelli, le sensazioni paradisiache. Sentivo le loro voci, i loro complimenti. Ma ero persa, arresa al piacere. Ero già venuta cavalcando uno di loro, in passato. Diverse volte. Ma mentre venivo addosso a Jamison, Boone si infilò dentro di me da dietro, la punta larga del suo pene che mi allargava, sempre di più, ancora di più fino a quando non finì del tutto all'interno. Quella sensazione, il bruciore che ne derivò, non fece altro che incrementare il mio orgasmo che si protrasse all'infinito.

Ero così piena, del tutto circondata da loro. Mi accasciai contro il petto di Jamison: le braccia non mi reggevano più. Ansimai contro il suo collo, inalando il suo odore maschile, assaggiando il sale del suo sudore. I peli del suo petto mi solleticavano i seni sensibili mentre più in basso... più in basso mi dominavano.

La figa mi pulsava e spremeva il pene di Jamison, mentre Boone si spingeva dentro e si ritraeva, e terminazioni nervose che nemmeno avevo saputo di avere prendevano vita.

«Guardati come ci prendi entrambi. Una così brava ragazza,» mormorò Boone. Sentivo la punta delle sue dita scorrermi lungo la schiena, mentre si spingeva ancora un po' più a fondo dentro di me. Io ero scivolosa, unta da tutto quel lubrificante. Ne sentivo un po' colarmi addosso di tanto in tanto quando ne aggiungeva dell'altro, assicurandosi che fossi in grado di accoglierlo appieno.

Jamison mosse i fianchi, si spinse verso l'alto ed io gemetti. Non era venuto. Si era solamente fermato, mentre io cercavo di riprendermi.

«Non abbiamo finito, Micina,» esalò, mentre mi baciava i capelli.

Gemetti, strizzandoli entrambi.

Boone mi diede una leggera sculacciata. «Sa come farci venire.»

Sogghignai, baciando il collo di Jamison. Le sue parole mi ridavano vita, mi facevano sentire potente.

Avevo entrambi i loro uccelli dentro di me. Sentivo i fianchi di Boone premermi contro le natiche e sapevo che mi era entrato dentro fino in fondo.

Era *quasi* troppo. Le mani di Jamison mi presero per le braccia e lui mi sollevò, tenendomi su così che mi trovassi incastrata tra di loro e completamente alla loro mercé.

«Pronta, Micina?»

Annuii, contraendo i muscoli.

A quel punto loro si mossero, alternando le loro spinte. Gemetti, un suono basso e profondo. «Dio, è bellissimo. Troppo. Non basta. Ho bisogno di... oh, sto per venire!»

Mi usciva ogni genere di parola dalle labbra. Non riuscivo a pensare, non riuscivo a capire come mi sentissi. Era così intenso che mi vennero le lacrime agli occhi, le orecchie presero a fischiare. Ero completamente loro. Il mio corpo non mi apparteneva più in quel momento. Non avevo più controllo, non potevo fare altro che arrendermi a loro. Ad entrambi.

«Vieni, Micina. Lasciati andare. Siamo qui. Ti prenderemo noi, ti terremo al sicuro. Sempre.»

Boone si chinò in avanti ed io lo sentii premere contro la mia schiena, percepii le sue labbra contro il collo. «Mia.»

«Mia,» ripetè Jamison.

A quel punto smisero di parlare, gli unici rumori a riempire la stanza furono quelli della nostra scopata. Scivolosa e bagnata, carne che sbatteva contro carne, pelle che scivolava unta, che si toccava.

Venni con un grido, il mio corpo che si tendeva, mentre loro continuavano a prendermi, a spingermi attraverso l'orgasmo con le loro erezioni, fino a quando Jamison non si irrigidì, gemette e mi riempì con caldi fiotti del suo seme.

L'unico segno che indicò l'orgasmo di Boone furono le sue dita che mi affondarono nei fianchi. Si tenne immobile, a fondo dentro di me. I suoi gemiti si mescolarono ai nostri ansiti.

Ero esausta. Mi avevano rovinato la piazza per chiunque

e qualunque altra cosa. Nulla avrebbe retto il confronto con loro.

Jamison lasciò cadere le braccia sul materasso, mentre Boone posava una mano accanto al mio fianco per tenersi su.

Non avevo idea di quanto tempo restammo in quel modo, ma alla fine Boone si tirò fuori, lentamente e con attenzione. Feci una smorfia di dolore e sentii il suo seme colarmi fuori. Sollevai la testa e lo guardai. Non si era tolto i vestiti, si era solamente slacciato i pantaloni cosicché il suo pene fosse libero, e quelli gli erano caduti attorno alle cosce.

Jamison mi sollevò da sé, un altro torrente di liquido seminale che mi scivolava fuori, mentre mi faceva sdraiare accanto a sé sul letto, accoccolata al suo fianco.

L'acqua prese a scorrere nella doccia e Boone fece ritorno, accarezzandomi una coscia.

«Ti amo, Micina.»

Io rotolai sulla schiena e lui si chinò, baciandomi con tenerezza. Sollevai una mano, accarezzandogli il viso. «Ti amo anch'io.»

Mi afferrò il polso, lo fece girare e baciò gli anelli che mi avevano messo al dito. Il suo sguardo scuro incrociò il mio, rimanendovi fisso. Vi scorsi la passione, il fuoco. L'amore.

«Ehi, e io?» domandò scherzosamente Jamison, ed io roteai gli occhi.

Boone sollevò la testa ed io voltai la mia, baciando anche Jamison.

«È andata bene?» chiese lui, facendo scorrere le labbra su tutto il mio volto.

«Troppo bene.»

«Male?»

Contrassi i muscoli. «Un po'.»

Mi ero appena fatta due uomini in un colpo solo. Non molto tempo fa ero vergine. Avevo fatto grandi passi avanti. Con la figa, l'ano e il cuore.

«Ora ti diamo una ripulita e poi un pacco di piselli surgelati, ne hai bisogno. Poi lo rifacciamo.»

Sollevai una mano e strattonai Boone fino a farlo sedere accanto a me. Jamison era dall'altra parte. Era lì che volevo stare. Con loro. Lì. Ovunque fosse quel "lì". Non aveva importanza. Ero a casa.

Sollevai le mani, posandole su entrambi i loro volti, sentendo l'accenno di barba sulle loro guance. *Miei.*

«Promesse, promesse.»

UNA NOTA DI VANESSA...

Non preoccupatevi, arriverà dell'altro dallo Steele Ranch!

Ma indovinate un po'? Ho del materiale bonus per voi. Un po' di amore in più con Jamison, Boone e Penny. Per cui registratevi alla mia mailing list. (http://vanessavaleauthor.com/v/db) Ci sarà del materiale bonus per ogni libro della serie dello Steele Ranch dedicato esclusivamente agli iscritti. La registrazione vi permetterà anche di conoscere tutte le mie prossime uscite non appena verranno annunciate (e otterrete un libro gratis... wow!)

Come sempre... grazie per aver apprezzato i miei libri e la cavalcata selvaggia!

ISCRIVITI ALLA NEWSLETTER

Unisciti alla mailing list per essere informato per primo su nuove uscite, libri gratuiti, premi speciali e altri omaggi dell'autore.

http://vanessavaleauthor.com/v/db

VOGLIO DI PIÙ?

INTRECCIATI - Steele Ranch - 3

Un estratto

CRICKET

«Hai dieci minuti,» ringhiò Schmidt, cacciandomi tra le braccia un costume di scena. «Mettiti questo e torna fuori. Trova delle scarpe che ti stiano.» Indicò il pavimento alle mie spalle. I bassi della canzone in riproduzione nella sala principale arrivavano fino a lì, facendo vibrare il pavimento e le pareti sottili. Nell'aria ristagnava odore di birra stantia e fumo.

Mi guardai attorno esaminando la mia nuova realtà. Quel posto era piccolo, come un guardaroba un po' esagerato. Un neon fluorescente da bar appeso al soffitto illuminava tutto con una luce forte. Ai miei lati c'erano due appendiabiti a rotelle, pieni di lingerie e completini striminziti. Pizzo rosso, lamé metallico luccicante, gonnelline da cheerleader e da scolaretta e dei top a mezzo busto. A terra c'erano diverse scarpe da zoccola con tacchi di minimo dieci centimetri, in vernice di tutti i colori.

Abbassai lo sguardo su ciò che mi era stato spinto tra le mani. Un completo da infermiera. Un abitino bianco – se così si poteva chiamare, con le maniche corte e l'orlo della gonna ancora più corto – con chiusure in velcro sul davanti invece dei bottoni. Sotto avrei dovuto indossare il pezzo sopra di un bikini bianco, costituito da due minuscoli triangoli, e un tanga abbinato, sempre bianco, con una croce rossa proprio sul davanti come se il mio inguine fosse stato l'unica fonte di sostentamento medico.

Mi si rivoltò lo stomaco al pensiero di cosa si aspettassero. Non potevo uscire là fuori e spogliarmi! Non riuscivo nemmeno a indossare quel completo.

«Non posso farlo,» dissi con tono di supplica. Per l'ennesima volta. Continuavo a ripeterlo da due ore, sin da quando mi avevano trascinata fuori dal mio appartamento.

«Non hai scelta, dolcezza.» Schmidt – immaginai fosse il suo cognome, ma era tutto ciò che sapevo di lui – era sulla cinquantina, aveva il fisico di un barile di whiskey e una sigaretta che gli penzolava costantemente dal labbro. Avevo visto la pistola che teneva nella cintura dei pantaloni. Nulla di insolito dal momento che ci trovavamo nel Montana e chiunque aveva un'arma, perfino le vecchiette, ma non pensavo fosse tanto per la sua protezione quanto più uno strumento per far eseguire i suoi ordini.

Sebbene non mi avesse messo nemmeno un dito addosso, sapevo che non avrebbe esitato a farlo se avesse voluto. Lo stesso valeva per il suo tirapiedi, Rocky. Specialmente dopo che mi aveva afferrata e trascinata fuori dal mio appartamento fino alla mia macchina. Non avevo avuto scelta e avevo dovuto guidare fino a quello squallido posto ai margini della città. Mi era passato per la mente di gettarmi fuori al primo semaforo, ma sapevo che non avrebbero fatto altro che trascinarmi di nuovo in auto, furiosi.

Forse sarebbe stato meglio se mi fossi buttata giù in un incrocio piuttosto che stare dove mi trovavo in quel momento. Non sarei riuscita ad aggirare Schmidt dal momento che era largo quasi quanto la porta, ma anche se ce l'avessi fatta, Rocky incombeva appena dietro di lui. E, con entrambi armati, non potevo rischiare. Non pensavo fossero degli assassini, ma non ci avrei messo la mano sul fuoco per quanto riguardava lo stupro. Il loro modo di persuadermi molto probabilmente prevedeva che mi mettessi in ginocchio o sdraiata.

«Ti ho dato i soldi che ti dovevo,» gli ricordai. Di nuovo. Le mie parole erano intrise di disperazione.

Lui rise, facendo correre il suo sguardo su di me, sui jeans e la semplice maglietta che indossavo. «Non con gli interessi.»

«Ho pagato anche quelli. Il venti percento.»

Lui sogghignò, scuotendo leggermente la testa come se stesse parlando con un'idiota. Magari lo ero, dal momento che mi trovavo nel retro di un sudicio strip club. «Dolcezza, ti ho già detto che è un interesse composto. Non l'hai studiato in quelle costose lezioni al college per le quali hai preso in prestito i miei soldi?»

Le lezioni di anatomia e di fisiologia che avevo seguito mi avevano insegnato come si sarebbe spezzato il suo crociato se gli avessi dato un calcio sul ginocchio come avrei voluto fare, ma non c'erano stati test riguardo al farsi fottere da un lurido strozzino. Ero stata così stupida a chiedere soldi a lui. Ero praticamente riuscita a vedere il diploma per il quale avevo lavorato così sodo, se non fosse stato per la nuova trasmissione dell'auto che mi aveva fatto subire una battuta d'arresto, a prescindere da quanti turni extra avrei svolto a lavoro.

Lui sogghignò, mostrando i denti gialli e storti. Mi aveva in pugno, ed io avevo la netta sensazione che l'interesse composto non si sarebbe mai estinto. Ero fottuta. Così dannatamente fottuta.

«Quel costume è speciale, scelto apposta per te dal momento che stai studiando per diventare infermiera e tutto il resto.»

Mi venne la nausea nel rendermi conto che si ricordava il motivo per cui gli avessi chiesto dei soldi. Non era stato per pagarmi della droga, cavolo! Si trattava del college, per migliorarmi, cazzo! Da quanto mi teneva d'occhio?

«Non so come si faccia uno spogliarello,» dissi, leccandomi le labbra secche e constatando i fatti. Ero a malapena capace a ballare: le mie amiche mi prendevano sempre in giro sostenendo che non avessi il minimo senso del ritmo.

«Ti togli i vestiti ogni cazzo di giorno,» controbatté lui. «Non è così difficile, e fintanto che metti in mostra quelle enormi tette e stuzzichi i ragazzi con una sbirciatina di figa sul finale, nessuno se ne accorgerà.»

Avevo le lacrime agli occhi. «Non l'ho mai fatto prima.»

«Dolcezza, sei l'Infermiera Vergine. Tutti adoreranno guardarti affrontare la tua prima volta là fuori. Dovrai farlo solamente fino a quando il tuo debito non sarà saldato.»

«Duemila dollari?» replicai io. «Sarebbe un interesse del cento percento e un sacco di spogliarelli.»

Lui sollevò una spalla nerboruta. «Puoi portarti dei clienti nel retro. Le lap dance pagano di più, specialmente se dai loro un bel finale.»

Dio. Sapevo cosa intendesse. Scoparsi degli sconosciuti o succhiargli il cazzo per dei soldi extra. Un bel finale per me sarebbe stato uscire da lì e non vederlo mai più.

«Puoi farmi vedere quanto sei brava dopo la chiusura.» Mi fece l'occhiolino e per poco non gli vomitai addosso.

Non ero vergine e mi piaceva il sesso un po' selvaggio, ma non esisteva che facessi qualcosa con lui, o con chiunque altro in quel posto. Scossi lentamente la testa, sgranando gli occhi.

«Posso andare alla polizia,» aggiunsi, sebbene sapessi che quella minaccia era inutile.

Il suo sorriso si fece letale. «Dillo a qualcuno e succhiare cazzi per venti dollari non sarà l'unica cosa che dovrai fare. Spero ti sia piaciuto quel semestre di scuola. Il rimborso è uno schifo.» Si limitò a sorridere. «Dieci minuti.»

Indietreggiò e sbatté la porta, facendo vibrare gli appendiabiti di metallo.

Io deglutii, lasciando che le lacrime scendessero. Merda, *merda!* Non potevo farlo. Non potevo starmene davanti ad una stanza piena di uomini sconosciuti a ballare, né tantomeno a spogliarmi. Mi ero già trovata nuda di fronte a qualcuno, ma era stato completamente diverso. Ero consenziente. Era stato divertente. Un po' selvaggio. No, molto selvaggio. Ma questo?

Avevo dei soldi. *Adesso.* Non come all'inizio del semestre estivo quando li avevo presi in prestito da Schmidt. La settimana precedente, quando avevo ricevuto la lettera ufficiale nella cassetta della posta, non ci avevo creduto. Mio padre, che non avevo mai conosciuto, era morto e mi aveva lasciato dei soldi. Tanti. Ma se avessi detto a Schmidt dell'eredità, avrebbe voluto ben più dei duemila dollari. Non mi avrebbe mai più lasciata in pace ed ecco perchè gliel'avevo tenuto nascosto. Avrei voluto dirglielo, disperatamente, così da uscire da quella situazione, ma a quel punto, dubitavo che mi avrebbe perfino creduto.

Sono l'ereditiera della fortuna degli Steele.

Sì, come no. Aveva visto il mio appartamento, la mia macchina antiquata. Cavolo, gli avevo chiesto dei soldi in prestito. Nessun milionario aveva bisogno di chiedere soldi ad uno strozzino.

La porta si aprì ed io trasalii, il tanga scivolò giù dall'appendiabiti cadendo a terra. «Non ti stai cambiando.»

Rocky. Schmidt era sicuramente il capo e ci teneva agli affari. Non dubitavo che si scopasse le donne che lavoravano nel suo club, ma non era come Rocky. Rocky era tutto sguardi lascivi e volgari. Mano morta. Mi avrebbe presa subito se fosse riuscito a nasconderlo. E mi faceva molta più paura del suo capo.

Si chinò e raccolse il tanga così da farselo penzolare da un dito. «Posso darti una mano.» Il suo ghigno sudicio mi fece rivoltare lo stomaco.

«Sto per sentirmi male.» Mi misi una mano sulla bocca. Forse fu la mia espressione o il modo in cui ero probabilmente impallidita di colpo, ma lui indietreggiò subito e indicò la porta dall'altra parte del corridoio. Io corsi verso il bagno delle donne e mi infilai nel cubicolo in fondo, appoggiandomi al cesso ed emettendo conati.

La canzone cambiò ed io capii che il mio turno si stava avvicinando. Con una mano appoggiata sulla parete bianca tutta macchiata, ripresi fiato.

Visto che avevo finito, con lo stomaco che mi faceva male, mi rialzai, rendendomi conto che avevo ancora in mano l'appendiabiti con il costume da infermiera. Col cavolo che sarei riuscita a mettermelo.

«Cinque minuti,» urlò Rocky, battendo sulla porta. Mi aveva aiutato volentieri ad indossare il costume da infermiera sexy, ma di sicuro aveva messo un limite quando avrebbe dovuto tenermi indietro i capelli mentre vomitavo. Era rimasto in corridoio. Gliene fui grata.

Dovevo andarmene da lì, da quella situazione. Avevo preso in prestito dei soldi, sì. Sapevo, quando l'avevo fatto, che sarebbe stato probabilmente stupido, ma che avrei ripagato Schmidt fino all'ultimo centesimo. Per tempo. Avevo lavorato il doppio per riuscirci. Non avevo mai assunto droghe in vita mia, non avevo mai nemmeno bevuto. Non avevo mai fumato una sigaretta. Avevo visto così tante cose durante il tempo trascorso in affidamento da sapere cosa faceva quella roba alla gente e avevo imparato in fretta che nessun altro si sarebbe mai preso cura di me. Tutti i miei soldi finivano nelle bollette e nella scuola, così da potermi prendere la laurea infermieristica e uscire da quella vita scandita da uno stipendio a quello successivo.

Ma Schmidt voleva solamente fottermi, mandarmi in rovina. Farsi un po' di soldi in più sfruttando chi, sfortunatamente, faceva affari con lui. L'avevo ripagato. Ero stanca di farmi sfruttare. Non ci sarei stata, non più.

Uscii dal cubicolo, guardandomi attorno. Piastrelle di uno squallido verde menta, uno specchio rotto. Non passavano abbastanza donne dallo strip club da rendere necessaria una ristrutturazione. Ma a differenza dello sgabuzzino, lì c'era una finestra. Piccola, ma pur sempre una vita d'uscita. Vi andai, trafficai con la chiusura, poi mi lanciai un'occhiata alle spalle. Rocky sarebbe potuto entrare in qualunque momento. L'avrebbe fatto, di sicuro, entro cinque minuti se non fossi uscita da sola.

Feci scattare la serratura rugginosa, posai i palmi sulla parte centrale della cornice e spinsi. Si mosse, ma la vernice era vecchia, il legno gonfio, per cui i miei sforzi produssero un forte scricchiolio di protesta. Lanciandomi un'altra occhiata alle spalle, mi chiesi se Rocky l'avesse sentito. Sperai che il volume alto della musica l'avesse nascosto. Un getto d'aria fresca mi investì dalla piccola apertura che avevo creato, spingendomi a spalancarla del tutto. Quattro centimetri di libertà e la mia adrenalina prese a pompare. La finestra era piccola, ma se fossi riuscita ad aprirla, avrei potuto passarci attraverso. L'avrei fatto, a qualunque costo.

Spinsi e la aprii, sempre di più, fino a quando non fui in grado di infilarmici.

Mi dimenai, mi strinsi, mi spinsi e riuscii a passare attraverso l'apertura, mettendo le mani avanti per proteggermi la testa mentre cadevo per circa un metro fino a terra. Guardandomi attorno, cercai di capire dove fossi. Mi trovavo nel parcheggio, di fronte a me c'erano i bidoni della spazzatura, il che voleva dire che mi trovavo dal lato più estremo, lontano dall'ingresso. Non faceva ancora buio, saranno state forse le sette o giù di lì. Nonostante il parcheggio fosse per metà pieno, non c'era nessuno nei paraggi. Nessuno aveva assistito alla mia fuga. Dovevo solamente sperare che quel posto fosse troppo scadente per delle telecamere di sorveglianza, se non altro su quel lato dell'edificio.

Mi alzai, mi ripulii le mani sui jeans per togliermi il pietrisco, poi corsi verso la macchina. Avevo ancora la mia borsetta di pelle a tracolla. Con dita tremanti, tirai fuori le chiavi e mi guardai alle spalle per assicurarmi che Rocky non avesse ancora scoperto la mia fuga. Avevo solamente un altro minuto o due al massimo.

Una volta in macchina, pregai che partisse. Non mi vedevano molto come una minaccia, sapendo che avrebbero potuto intimidirmi – o farmi del male, se non fossi tornata notte dopo notte a spogliarmi fino a quando il mio maledetto debito non fosse stato saldato. Non avevano bisogno di tenermi in ostaggio per tenermi prigioniera.

Col cazzo. Non sarei tornata. Mai più. Dovevo andarmene da lì. Da quel parcheggio, da quella città. Accesi il mio rottame di macchina e uscii a razzo dal parcheggio, rallentando appena per svoltare in strada. Mi balzò il cuore in gola quando vidi la testa di Rocky spuntare dalla finestra aperta del bagno, lo sguardo omicida.

Non potevo tornare a casa, nemmeno per prendere dei

vestiti o i soldi che vi avevo nascosto. Sapevano dove vivevo e non avevo dubbi che sarebbe stato il primo posto in cui mi avrebbero cercata. Non avrebbero fatto altro che prendermi e riportarmi al club, questa volta con un po' più di rabbia e di aggressività. Probabilmente si sarebbero prima *divertiti* un po' con me. Per fortuna quella sera mi avevano sottovalutata, ma sapevo che non l'avrebbero rifatto una seconda volta.

In periferia, premetti l'acceleratore fino in fondo, lasciandomi alle spalle gli edifici che si allontanavano sempre di più. Avevo bisogno di sparire. Nascondermi. Sapevo giusto dove andare.

L'AUTORE

Vanessa Vale è l'autrice bestseller di USA Today di oltre 50 libri, romanzi d'amore sexy, tra cui la famosa serie d'amore storica Bridgewater e le piccanti storie d'amore contemporanee, che vedono come protagonisti ragazzi cattivi che non si innamorano come gli altri, ma perdutamente. Quando non scrive, Vanessa assapora la follia di crescere due ragazzi e cerca di capire quanti pasti può preparare con una pentola a pressione. Pur non essendo abile nei social media come i suoi figli, ama interagire con i lettori.

TUTTI I LIBRI DI VANESSA VALE IN LINGUA ITALIANA

https://vanessavaleauthor.com/book-categories/italiano/

CPSIA information can be obtained
at www.ICGtesting.com
Printed in the USA
BVHW052325060921
616157BV00018B/492

9 781795 900416